TARJA PRETA

OBJETIVA

Aos 11 anos emprestei a um amigo *O Segredo de Wilhelm Storitz*, no qual Julio Verne me propunha como sempre um comércio natural e íntimo com uma realidade nada diferente da cotidiana. Meu amigo devolveu-me o livro: "Não terminei de ler, é demasiadamente fantástico."
Jamais renunciarei à surpresa escandalizada desse minuto. Fantástica, a invisibilidade de um homem? Então, só no futebol, no café com leite, nas primeiras confidências sexuais poderíamos nos encontrar?

Julio Cortázar, *Do Sentimento de não Estar de Todo.*

FRONTAL COM FANTA

Jorge Furtado

Ela me perguntou quantas pessoas eu já vi morrer. Quantas pessoas você já viu morrer? Nenhuma, eu disse. Ela sorriu e disse eu vou ser a primeira. Eu disse vai. Ela disse boa sorte.

— Boa sorte.

E morreu. Os lábios dela continuavam vivos, vermelhos. Parecia que ela estava dormindo. Ela morreu e pronto. Era bom ficar olhando seu corpo, bonito. A enfermeira entrou, viu que ela tinha morrido e me disse para sair do quarto, chamou o médico, eu saí do quarto.

Uns dias depois o enfermeiro me disse que ela estava grávida. Ele disse também que achou melhor ela ter morrido, imagina ela com um filho.

Eu imaginei ela com um filho, um filho meu, e agarrei o enfermeiro pela garganta.

Dois enfermeiros correram e me seguraram e me deram uma injeção. Eu acordei amarrado e fiquei ali alguns dias. Eles mudaram meu remédio. Eu me lembrei que ela havia me pedido para ficar vivo pra me lembrar dela e resolvi não tomar o remédio, não tomar mais remédio nenhum. Passei mais seis meses na clínica, fingi que estava curado, saí, voltei a estudar. Fiz o supletivo do segundo grau, passei no vestibular, me formei, casei, tive um filho, me separei. Hoje trabalho nesta farmácia. Continuo vivo e me lembrando dela.

Eu não me lembro muito bem se tinha 13 ou 14 anos na primeira vez em que fiquei invisível. Eu acho que tinha 14, estava frio, devia ser inverno e eu faço aniversário no verão. Também podia ser no inverno antes de eu fazer 14, mas eu acho que não, porque a minha irmã já estava usando aparelho e estes dias eu perguntei e ela tem certeza que tinha dez anos quando começou a usar. É muito provável que eu já tivesse ficado invisível muitas vezes antes, tenho certeza que sim. Quando a minha mãe e o meu pai discutiam, quando ele gritou que ela é que quis ter filho e agora não gosta de ficar com as crianças e só quer viajar, quando ela bebia e andava quase nua pela casa, quando o meu irmão punha a mão nos peitos da namorada, quando o meu pai mudava a televisão de canal pouco antes do fim do filme que eu estava assistindo havia mais de uma hora, é claro que eu estava invisível, só que não percebia.

Eu estava na escola na primeira vez que percebi que estava invisível. O professor mandou todo mundo se apressar para o passeio. Eu demorei a me levantar juntando as coisas, todos saíram e o professor olhou para a sala, olhou na minha direção, apagou a luz, saiu e fechou a porta. Talvez eu tenha ficado invisível para não ir naquele passeio, não queria passar o dia vendo as meninas mais lindas me virando a cara, e todos aqueles meninos idiotas gritando e correndo e se batendo. Fiquei algum tempo parado, peguei minhas coisas e saí da sala. Caminhei pelo corredor, cruzei com alguns alunos, olhei bem para eles e eles não me viram. Saí do colégio e caminhei seis quadras até a minha casa, passando por muitas pessoas que não me viram. Entrei em casa sem ser visto, fui para o meu quarto.

Saí do quarto e minha mãe estava jantando, com minha irmã. Meu irmão mais velho vai chegar no próximo fim de semana e elas querem arrumar a casa. Ele vem com a namorada e vai dormir no meu quarto, eu vou dormir com a minha irmã, no chão do quarto dela. Elas falaram todo o tempo, decidindo o que ia acontecer comigo, sem me ver. Comi frango com arroz e legumes e fui ao banheiro. Abri o armário dos remédios, peguei um remédio da minha mãe, frontal. Li a bula. "Componente ativo: alprazolam. Indicado no tratamento de estados de ansiedade. Seu mecanismo de ação exato é desconhecido." Talvez fosse isso, ansiedade se cura com remédio. Não é recomendado a pacientes psicóticos. Os sintomas da ansiedade são: tensão, medo, aflição, agonia, intranqüilidade, dificuldades de concentração, irritabilidade, insônia e ou hiperatividade. Os sintomas da ansiedade sou eu. Peguei o vidro e fui para o meu quarto. Tomei dois, devia ter pegado água, não é bom tomar remédio com fanta. Deitei e dormi.

Acordei, era outra pessoa. E continuava invisível. Minha irmã, minha mãe e a empregada não me viram. Tomei café e mais um comprimido e fui para a escola caminhando sem ninguém me ver. Assisti às três primeiras aulas sem ser visto. Entendi tudo, anotei, gostei de estar aprendendo coisas. Estava feliz, feliz e invisível. No recreio fui até o banheiro e tomei outro comprimido.

Saí do banheiro, o sol batia no pátio, nos cabelos das meninas, nas pernas das meninas. Duas delas, das mais lindas, passaram na minha frente, entraram no banheiro. Entrei atrás delas. É claro que elas não me viram. Uma delas baixou a calcinha e sentou no vaso, mas não deu para ver nada, ela estava de saia. A outra abriu a blusa na frente do espelho e ficou ajeitando os peitos dentro do sutiã. Eu estava muito feliz de estar ali, pensei em gritar ou botar a mão nos peitos dela, mas ela ia levar um susto, achei melhor não. Elas falaram de uma festa e saíram sem me ver.

Passei o resto da semana invisível e feliz. Comecei a economizar os comprimidos, tomava três por dia, um antes de ir para a escola, outro depois do almoço, outro antes de dormir. Não sonhava com nada, acordava feliz. No sábado tinha a festa e eu estava louco para ir, invisível.

Levei o remédio para a festa para tomar um lá. Não conseguia entrar no banheiro das meninas, era muito apertado, mas escutei todas as conversas, histórias incríveis de quem deu ou queria dar para quem. Tomei dois comprimidos com vinho, vários copos de vinho. Resolvi entrar no banheiro das meninas, seguindo uma das mais lindas. Ela entrou, eu entrei junto. Ela tirou a blusa e tirou da bolsa um desodorante roll-on. Começou a passar desodorante, erguendo os braços e se olhando no espelho, muito linda, a coisa mais linda que eu já tinha visto. Não consegui me controlar e lambi seu braço.

Ela deu um grito, começou a me bater, gritar. Abriu a porta, gritando, um monte de gente veio correndo, o pai dela, o namorado dela, todos começaram a me bater enquanto ela gritava que eu tinha entrado no banheiro e lambido ela e todos me batiam. Aparentemente minha invisibilidade tinha passado, talvez por causa da lambida. A mãe dela, que me conhecia, me ajudou a levantar do chão. Ficou me olhando, assustada. E aí eu vomitei.

Quebrei dois dedos da mão esquerda, acho que foi um dos chutes. Todos em casa me viram, me olharam muito bem. Meu pai olhava para mim com medo, minha irmã com nojo e minha mãe chorava.

Meu irmão chegou com a namorada, ninguém disse nada para ela que eu era um drogado e maníaco sexual. Minha irmã não quis me deixar dormir no chão do quarto dela e eu dormi uma semana na sala, no sofá. Dormia ouvindo meu irmão e a namorada trepando no meu quarto. Um dia acordei e fiquei parado, no escuro. Ela passou pela sala só de calcinha, ótimos peitos, bunda boa. Voltou da cozinha e ficou parada no meio da sala, tomando água no bico da garrafa, sem me ver. Me levantei e fiquei olhando para ela, ela não me viu. Eu estava invisível outra vez. Me aproximei e toquei no peito dela. Ela deu um grito.

Me levaram num médico que me disse que eu precisava aprender a relaxar e outras coisas que eu já sabia e me receitou paxon. Li a bula. Princípio ativo: cloridrato de buspirona. Agente ansiolítico indicado no alívio a curto prazo dos sintomas da ansiedade e da apreensão, do medo e dos maus pressentimentos. Era o meu caso. Cinco a dez miligramas duas vezes por dia. Perfeito. Não estava mais invisível mas continuava feliz.

Mudei de escola e passei o resto do ano feliz. No final do ano fiquei preocupado com as provas e com as festas e comecei a tomar três comprimidos por dia, às vezes quatro. Às vezes tomava com vodca, nas festas. Depois comecei a tomar também o frontal da minha mãe, ela descobriu e escondeu no armário. Achei e tomei. Meu pai disse que ia me internar, minha irmã disse que eles deviam chamar a polícia.

O médico cortou o ansitec e me deu valium. Li a bula. O princípio ativo do valium é o diazepam. Indicado para distúrbios emocionais, especialmente ansiedade, e distúrbios comportamentais, como a má adaptação social. Agora sim. Um antes de dormir, às vezes dois.

Um dia eu tomei dois no almoço, com cerveja, e depois fui para o supermercado. Tinha uma menina, bonitinha, acho que com menos de três anos, no corredor dos biscoitos. Ela pegou um pacote grande de biscoitos, quase maior que ela, e tentou botar no carrinho. A mãe estava falando no celular e não viu. Ela chamava, mãe, mãe, bicoito, mãe, mãe. A mãe caminhava pelo corredor e falava no celular, discutia com alguém sobre prazo de entrega, horário de entrega de alguma coisa. A menina tentava botar o pacote, não alcançava no carrinho. O pacote caiu no chão, a mãe empurrou o carrinho que passou por cima do pacote. A menina se desequilibrou e caiu sentada no chão. A mãe gritou, disse que a menina tinha derrubado tudo no supermercado, desligou o celular e começou a gritar com a menina, que começou a chorar. A mãe viu os biscoitos quebrados, botou na prateleira, ergueu a menina pelo braço e continuou gritando enquanto ela chorava. Eu me aproximei, queria estar invisível. Não estava, a mulher olhou para mim e perguntou o que foi. Eu dei um soco no rosto dela, acho que acertei a boca e o nariz. Ela caiu, gritando de dor. A menina começou a gritar e a chorar. Tinha sangue na minha mão, não sei se meu ou dela. A mulher me olhava, apavorada, gritando e tapando o nariz e a boca com a mão. Ela viu sangue na mão dela e começou a gritar, a menina chorando. Um casal saiu correndo, algumas pessoas se aproximaram. Um garoto de uniforme me olhou com medo. Um segurança se aproximou, me olhando e falando num rádio.

Um segurança do supermercado me deu um tapa na cabeça. Me assustei, mas não doeu muito. Um policial veio e foi embora. Meu pai chegou, muito nervoso. Pediu desculpas para todo mundo, disse que eu era doente. Olhei para o meu pai, sofrendo, triste, tentando não aparentar toda a tristeza que realmente sentia, com vergonha de imaginar uma parte dele em mim, e tive certeza de que ele estava falando a verdade, eu era doente mesmo.

Meu pai, minha mãe e meu irmão sugeriram que eu fosse internado, ficasse um tempo numa clínica. Achei ótimo, eu não queria mais ficar olhando para as pessoas que estavam sofrendo por minha causa. Meu irmão me ajudou a fazer a mala. Meu pai me deu um beijo, fazia muito tempo que eu não via ele tão feliz. Minha mãe chorou um pouco mas também estava feliz. Só quem parecia triste era a minha irmã. Eu disse que ia me tratar e ia voltar logo. Ela perguntou se podia pegar o meu videogame, eu disse que sim.

Eu falei com um médico e com uma médica. Contei de tudo, dos remédios e do fato de eu ficar invisível. Eles me disseram que eu nunca fiquei invisível e eu acabei concordando. Ele perguntou se eu tinha tremores, dor ou tensão muscular, se eu me irritava ou ficava nervoso com facilidade, se eu sentia as mãos frias e pegajosas, se às vezes eu tinha dificuldade para engolir, sentia aquele nó na garganta, se às vezes sentia a boca seca, suor, enjôo ou diarréia. Eu disse que tinha tudo, menos diarréia. Ela perguntou se eu ficava muito preocupado com as minhas notas na escola ou num jogo de futebol, se eu me preocupava muito em chegar na hora, se costumava chegar muito cedo nas festas, se eu me preocupava com terremotos ou com a guerra, se eu costumava refazer uma coisa muitas vezes, até achar que estava perfeito, se eu costumava perguntar para as pessoas se o que eu fiz estava bem-feito ou não. Eu respondi sim para tudo, menos para a guerra.

Eles tinham certeza de que eu era um sessenta ponto seis, personalidade ansiosa. Eles me disseram que os sintomas da personalidade ansiosa são um sentimento de tensão constante, um sentimento de insegurança e inferioridade, um desejo permanente de ser amado, de ser aceito, hipersensibilidade à crítica e à rejeição, uma dificuldade ou desconforto para encontrar pessoas ou para sair da rotina, sempre com medo que aconteça alguma coisa de ruim.

É perfeito, é exatamente isso. Finalmente eu encontrei alguém que descobria o que eu tinha. Só que eles tinham dúvidas se a minha ansiedade era generalizada e já se manifestava na infância, ou se era induzida por substância. A ansiedade induzida por substância surge com a intoxicação ou a abstinência. A ansiedade primária, que vem da infância, pode provocar o uso da substância. Enfim, eles tinham dúvidas se eu era louco porque me drogava ou me drogava porque era louco. Perguntaram se eu tinha ataques de pânico ou alguma fobia. Contei da vez que eu ataquei a menina no banheiro da festa, da namorada do meu irmão e do soco na mulher no supermercado, mas isso eles já sabiam. Eles conversaram um pouco e concordaram que eu devia tomar nervium. Princípio ativo: bromazepam. Indicado para distúrbios emocionais, tensão nervosa, agitação e insônia, ansiedade e humor depressivo ansioso. É exatamente o meu caso, humor depressivo ansioso.

Antes de sair da clínica e encontrar meus pais e minha irmã, e todo mundo ficar feliz por eu fingir tão bem que estava curado, eu achei um disquete no lixo da clínica. O ferrinho do disquete estava um pouco torto mas eu trouxe para casa e um dia consegui abrir dois arquivos. Um era uma tabela, sem graça. O outro tinha várias anotações, nenhuma sobre mim. Todas eram parecidas.

J.S. estava aparentemente saudável. H.M.C tinha o comportamento normal. T.H.N vinha aparentemente bem. J.M.R. havia começado a ingerir álcool combinado com o uso de codeína (xarope para tosse) três anos antes da primeira hospitalização. N.T. vinha apresentando alterações do comportamento social associado à ingestão progressiva de álcool desde quatro anos antes da primeira hospitalização. Oito semanas antes da internação, ela fez uso de amineptina com álcool pela primeira vez. O paciente M.C.S. usou cannabis durante dois anos. O paciente N.G.F. mostra o semblante apreensivo. A paciente M.F, cuja mãe é esquizofrênica, vinha consumindo cannabis e, ocasionalmente, diazepam com álcool há três anos. O paciente B.T. vinha consumindo ecstasy regularmente durante dois anos e, ocasionalmente, cocaína. Uma grave perda da capacidade de conviver socialmente foi a causa de sua internação. A paciente D.J. teve alucinações auditivas importantes seguidas de delírios. Gesticula muito ao falar. Olhar triste. Uma grave disfunção cognitiva foi percebida pelos pais da paciente, que encaminharam a internação. Segundo a mãe do paciente, dois meses antes de ser internado o filho apresentou idéias paranóides e uma importante perda de função intelectual. Gesticula muito ao falar. Não consegue se concentrar. Quatro dias antes da hospitalização, ela tomou um comprimido de certralina associado com álcool e cannabis e apresentou imediatamente delírios e alucinações auditivas. Tomou LSD por um ano antes de ser hospitalizado. Não consegue ficar parado, gesticula muito ao falar. Ouvia vozes imperativas. Alucinações auditivas, delírios e disfunção cognitiva, percebida por seus pais. Esses sintomas persistiram durante nove meses e cessaram espontaneamente. Não tem energia para nada. Ao narrar suas brigas com a mãe, fica exaltada, com o olhar brilhante. Experimentou cogumelos alucinógenos. Afirma que não confia na namorada e que seu maior desejo é desmascará-la. Tem delírios e alucinações permanentes. Seis meses antes da internação, fez uso de LSD. Gesticula muito ao falar. Medos difusos e delírios culminaram com sua hospitalização. A partir daí, houve uma mudança em seu comportamento caracterizada por uma perda de sociabilidade seguida da presença de delírios, segundo declarações dos pais da paciente. Tem um olhar triste, perdido. Um dia antes de ser internada experimentou cocaína pela primeira vez. Um mês antes da internação, ela começou a ter idéias paranóides e hiperatividade motora. Tem a testa franzida, o olhar baixo, as mãos crispadas. Cinco semanas depois da ingestão de drogas, ela apresentou delírios paranóicos persistentes. Mostra-se muito aflito e exaltado durante a consulta. No dia da hospitalização, apresentava alucinações visuais. O uso de hipofagin com álcool culminou com delírios, alucinações e comportamento agressivo em relação aos pais. Gesticula muito ao falar. Foi observada uma diminuição de sua capacidade intelectual com problemas de concentração, segundo os pais da paciente. De acordo com os pais do paciente. Descrito pelos pais do paciente. Os pais do paciente. São eles que pagam as contas e limpam a sujeira. São eles que pagam para você ficar longe, normal. Um dia meus pais conversaram com os médicos e eles me mandaram para casa. Provavelmente acharam que eu era um efe treze ponto oito, transtorno de ansiedade induzido por ingestão de sedativos, hipnóticos ou ansiolíticos. Eu podia ir para casa, provavelmente não ia sujar nada nem atacar ninguém. Estava curado. Precisava estudar, cuidar da vida, me concentrar. Foi o que eu fiz.

A farmácia em que eu trabalho vende anestésicos, analgésicos, agentes anticolinérgicos, anticonvulsivantes, anti-histamínicos, anti-hipertensivos, medicamentos cardiovasculares, antimicrobianos, antiparkinsonianos, agentes quimioterápicos, corticosteróides, medicamentos gastrointestinais, relaxantes musculares, antiinflamatórios não-esteróides, antidepressivos, dissulfiram, todos os remédios com substâncias que podem causar transtornos de ansiedade. Muitos são vendidos com receita, tem um médico que autoriza aquela pessoa a tomar aquela droga, é assim que funciona. São 11 as substâncias que podem produzir transtorno de ansiedade: álcool, cafeína, nicotina, cocaína, maconha, alucinógenos, inalantes, anfetaminas, opióides, sedativos e ansiolíticos. Álcool e cafeína eu uso às vezes. Sou viciado em nicotina, fumo Carlton Red.

Tem uns que chegam aqui e me pedem sugestões para um xarope para tosse, alguns chegam a tossir um pouco. Alguns xaropes para tosse têm codeína, que vem do ópio, da papoula, papaverumn somniferum, assim como a morfina e a heroína também, mas estes xaropes só podem ser vendidos com receita. Alguns conseguem receitas, algumas farmácias vendem sem receita. Morfina tem esse nome por causa do deus grego Morfeu, o deus do sono. Se você põe ópio no seu sangue, o seu cérebro funciona mais devagar. A codeína é usada para acalmar a tosse, mas acalma tudo. Gotas binelli, setux, tussaveto, tussodina, tylex, pastilhas veabon, pastilhas warton, muitos remédios para tosse têm codeína. Alguns remédios para diarréia também têm ópio, elixir paregórico, elixir de dover. Tem uns analgésicos sintéticos que são como o ópio, como a meperidina, demerol, dolantina. E tem também uns xaropes para tosse sintéticos, com zipeprol: eritós, nantux, silentós, tussiflex.

Se o que o cara quer é aumentar a velocidade do cérebro, ele geralmente pede alguma coisa com anfetamina, uma droga inventada em laboratório, existem de vários tipos, dietilpropiona, mazindol, metanfetamina: pervitin, dualid, hipofagin, inibex, moderine, absten-plus, dobesix.

Tinha uma senhora que vinha aqui quase todo dia comprar remédio para a tosse do filho. Um dia eu a vi entrando numa farmácia aqui perto, entrei, disse que trabalhava noutra farmácia, perguntei para o cara se ela estava comprando xarope para a tosse, ele disse que sim, para o marido. Vai ver ela nem tinha filho, tomava mais de um vidro por dia.

Se você consegue pagar as contas e limpar a própria sujeira, pode escolher sua droga e ficar em casa, aumentando ou diminuindo a velocidade de funcionamento do seu cérebro. Os sintomas mais comuns associados com substâncias tóxicas são os prejuízos na cognição ou no humor, ansiedade, alucinações, delírios e convulsões. Se você começa a atrapalhar os outros e os outros podem pagar para você ficar longe, você vai para uma clínica.

Todos os internos da clínica eram drogados ou esquizofrênicos. Eu achava que era bem feliz na clínica, vivia drogado e em paz. A clínica era bonita, silenciosa, no meio de um mato. À noite era bom dormir ouvindo o vento no mato, uns sons ao longe, depois do mato. O enfermeiro me disse que o bromazepam em doses mais altas é muito melhor. Eu tomava dois comprimidos por dia, mas ele podia me conseguir uma caixa, se eu quisesse. Eu quis, troquei pelo meu head-phone, era só um rádio fm.

Eu passava o dia olhando as árvores e ouvindo os sons. Tinha o som do vento nas árvores. Tinha uns pássaros, de vez em quando, e muitos pássaros na manhã e no fim da tarde. Tinha a estrada, que passava atrás do mato, sons de caminhões, algumas motos. Tinha o som de uma serra elétrica, às vezes. Tinha um motor, quase sempre. Tinha o som da cozinha da clínica, panelas, pratos. Tinha a música na sala de terapia. Tinha uns gritos dos pacientes, às vezes.

Eu estava sentado vendo as árvores quando ela sentou do meu lado. Olhei para ela, mas ela estava olhando as árvores. Era mais velha que eu, devia ter quase 30. Ela era linda, cabelos curtos, olhos claros. Olhei para as árvores. Ela perguntou o que eu era.

— Você é o quê?

— Como assim?

— Você é drogado ou esquizofrênico?

— Drogado.

— Que sorte.

— E você?

— Também. Qual a sua droga?

— Remédio para ansiedade.

— Qual?

— Comecei com frontal.

— Frontal é bom. Frontal com vodca é ótimo. Mas eu prefiro rivotril, já experimentou?

— Não.

— Você só toma remédio?

— Só. E você?

— Já tomei tudo. Hipofagin, fluxerin, e todos esses remédios para ansiedade. Fumava maconha, cheirava, comecei a me picar. Tomava ecstasy, ácido e experimentei heroína uma vez. Fumava quase duas carteiras por dia. E bebia bastante.

— E agora?

— Agora eu vou morrer.

— É? Por quê?

— Precisa mais?

— Você está doente?

— Sou hiv positiva. E meu fígado não agüenta o coquetel, não agüenta mais remédio nenhum.

— E aí?

— Aí o quê?

— O que você está fazendo aqui?

— Minha avó está pagando, para eu morrer sem dor. Ela me odeia, mas tem muito dinheiro.

— Teus pais?

— Minha mãe morreu. Não conheci meu pai.

— Quanto tempo você vai viver ainda?

— Não sei. E você?

— Também não sei.

Ela tirou um frasco do bolso, abriu, pegou duas pílulas. Botou uma na boca e me deu a outra.

— Quer?

— O que é isso?

— Diazefast.

— E o que é isso?

— Um diazepam que você põe debaixo da língua, não engole. Experimenta.

Peguei e botei debaixo da língua. Ela tirou do bolso uma garrafinha, abriu a tampa, tomou um gole, me ofereceu.

— Quer?

— O que é isso?

— Vinho do Porto. Não tem nada melhor que diazepam com vinho do Porto e um baseado. Mas o baseado eu não tenho.

Peguei a garrafa e dei um gole, grande demais, me engasguei.

— Calma.

— Esse vinho é forte.

— É vinho do Porto, que nem conhaque! Você tomou achando que fosse vinho?

— Tomei.

— Que idiota!, ela riu. Você tem cigarro?

— Não.

— Vamos caminhar?

Olhei para o guarda na portaria.

— Até onde?

— Até ali na cerca. Eles deixam. Vem.

Caminhamos até a cerca, perto do mato, e deitamos na grama. O barulho do vento ficou maior, as folhas dançavam. Nós ficamos ali uns dois meses, deitados na grama, vendo as folhas dançarem. O movimento é sempre diferente, milhares de folhas em várias camadas de galhos, a luz e o vento sempre diferentes. As folhas caem e nascem e mudam de cor. Às vezes surge um pássaro, às vezes passa um avião. Uma vez passou um helicóptero. Não lembro muito do tempo em que eu não fiquei com ela, o tempo que eu fiquei dormindo, no banho, nas consultas com o médico, nas visitas da minha mãe, arrumando os livros, mas me lembro daquelas folhas. E me lembro de tudo que ela fez e de tudo que ela disse.

Quando eu estava fingindo que estava curado disse pro médico da clínica que gostava de ler e pedi um livro emprestado. Ele me emprestou um que tinha acabado de ler e ele tinha achado muito bom, o nome era *Cada um escolhe seu queijo*. O autor comparava as personalidades com os tipos de queijo e dizia que existiam muitos tipos de queijos diferentes, mas todos eram queijo: brie, camembert, catupiry, cheddar, coalho, cream cheese, emmenthal, estepe, gorgonzola, gouda, grana, gruyère, mascarpone, muçarela, parmeggiano, pecorino, prato, provolone, de cabra, de minas, suíço, ricota, roquefort. Existiam as pessoas provolone e as pessoas muçarela. Se eu começasse a comparar pessoas com queijos e dissesse que a vida é um queijo, aposto que iam trocar o meu remédio. Mas o cara escreveu um livro assim, dá palestras falando nisso e todo mundo acha ótimo.

Quando eu li o livro ela já tinha me dito que a loucura não tem nada a ver com o que você diz ou pensa, tem a ver com pagar as contas e limpar a sua sujeira.

— Enquanto eu não precisei do dinheiro de ninguém e sabia limpar a minha sujeira, ninguém achou que eu era louca. Um dia eu passei da conta, não tinha onde morar, comecei a deixar tudo sujo. Aí a minha avó me internou. Se você paga as suas contas e limpa a sua própria sujeira, pode enlouquecer à vontade. Com mais dinheiro você pode pagar alguém para limpar a sua sujeira. E com muito dinheiro você pode dizer e pensar qualquer coisa.

Achei que ela estava certa. Minha mãe acredita em tudo, em espíritos, em outras vidas, horóscopo, numerologia, búzios, cartomantes. Faz promessas para santos, tem amuletos de umbanda, fita do bonfim, faz cromoterapia, análise, acupuntura, aromaterapia, toma floral, homeopatia e frontal, lê livros de auto-ajuda, bebe e fuma. Meu pai também bebe e fuma, mas não acredita em nada, remédio, religião, política, diz que é cada um por si. Ele só acredita em livre mercado e pena de morte. Os dois pagam as contas e têm uma empregada para limpar a sujeira, está tudo certo.

Devolvi o livro do queijo dizendo que era muito bom, pedi outro e o médico me chamou para ajudar na biblioteca. Eu fazia as fichas dos livros e arrumava na prateleira. Um dia ele deixou o consultório aberto. Eu entrei e encontrei minha ficha no arquivo. Tinha o meu nome, o nome dos meus pais e umas anotações, nada de interessante, só um número, efe vinte e dois.

Eu já estava na faculdade quando descobri que efe vinte e dois é um código do CID.10, a classificação das doenças mentais. Efe vinte e dois é o transtorno delirante persistente: "Reúne transtornos diversos caracterizados única ou essencialmente pela presença de idéias delirantes persistentes e que não podem ser classificados entre os transtornos orgânicos, esquizofrênicos ou afetivos. Quando a duração de um transtorno delirante é inferior a poucos meses, este último deve ser classificado em efe vinte e três." Efe vinte e três é o transtorno psicótico agudo transitório, "grupo heterogêneo de transtornos caracterizados pela ocorrência aguda de sintomas psicóticos tais como idéias delirantes, alucinações, perturbações das percepções e por uma desorganização maciça do comportamento normal. O termo agudo caracteriza o desenvolvimento de um quadro clínico patológico em duas semanas no máximo". Quer dizer, se eu fosse um efe vinte e dois talvez ficasse ali para sempre. Depois que ela morreu eu resolvi ser um efe vinte e três e sair dali o mais rápido possível.

Um dia ela me perguntou se tinha alguém que me amava.

— Tem alguém que te ama?

— Minha família, eu acho. Eles me amam mas não gostam muito do jeito que eu sou. E você?

— Não, ninguém.

— Eu posso te amar.

— É?

— Acho que sim.

— Por quê?

— Isso eu não sei.

— É um qualia.

— O que é isso?

— Qualia é uma coisa que você sabe muito bem o que é mas não sabe explicar. Como o gosto do chocolate, o cheiro do café.

— Entendi. Qualia parece o nome de um queijo.

— O nome do queijo é coalho.

— E o gosto do queijo coalho é um qualia?

Ela riu e me mandou deixar de ser bobo.

— Deixa de ser bobo! E você quer me amar?

— Quero.

— Então me diz uma coisa que você nunca disse para ninguém.

Pensei um pouco, mas não tinha nada de muito interessante para contar.

— Às vezes eu fico invisível.

— Como é?

— Eu, às vezes, fico invisível. Eu disse para o médico e para a médica, mas eles não acreditaram. Eles disseram que eu estava imaginando isso e eu concordei, mas é verdade. Eu já fiquei invisível várias vezes.

— Isso é normal.

— É?

— É. Eu já fiquei invisível uma vez. É um poder da mente. Você tem que dominar o samyama.

— O que é isso?

— Ioga. O cérebro é uma máquina, uma máquina elétrica e química, que funciona em cinco estados, como se fossem cinco freqüências diferentes. O primeiro estado é o kshipa, com muita energia em movimento. Você já viu um macaco no zoológico, pulando e correndo dentro da jaula?

— Já.

— Funcionando no modo kshipa o teu cérebro se irrita muito, se movimenta muito, não presta atenção em nada. E quando consegue se concentrar em alguma coisa ou alguém é por motivos errados, inveja, ciúme.

— Ou uma banana. Eu sou assim, kshipa.

— Todo mundo é. O segundo estado é o mudha.

— Como você lembra estes nomes? Você fala... Que língua é essa?

— Sânscrito, eu acho. Só sei algumas palavras, estudei bastante. Eu fui para a Índia uma vez.

— É? E é legal?

— É, mas o cheiro não é muito bom. E aqueles miseráveis na rua, que sabem que vão ser miseráveis para sempre, dão agonia. Gosto da comida.

— E como funciona o segundo estado?

— Mudha. Tem menos movimento, menos energia. É a mente mais preguiçosa, ligada nas coisas banais, dinheiro, essas coisas. No mudha você não quer fazer nada, só comer, ter prazer físico, se drogar.

— Sou eu também. Você já viu o jacaré no zoológico?

— Já.

— E você não queria atirar uma pedra nele para ver ele se mexer?

— Claro que não, que idéia! Coitado do jacaré.

— Isso é o fim de uma piada, coitadinho do jacaré.

— Como é a piada?

— Depois eu conto. Continua.

— O terceiro estado é o vikshipta.

— Desculpe, mas esses nomes são muito ridículos.

— O nome não importa, que mania que vocês têm de botar nome em tudo!

— Vocês quem?

— Vocês, humanos. O nome não importa. O vikshipta é um estado de grande movimento alternado com momentos de calma. Você quer ler tudo, ver tudo, ouvir tudo, mas não consegue prestar muita atenção em nada.

— Eu tenho pressa e tanta coisa me interessa, mas nada tanto assim.

— Kid Abelha, pois é. Às vezes você consegue parar e prestar atenção em alguma coisa, mas não dura muito.

— Esse sou eu. Eu não sou mudha nem... Como é o primeiro estado?

— Kshipa.

— Eu não sou mudha nem kshipa, sou vik...

— Vikshipta.

— Eu sou vikshipta.

— Você é bobo, isso sim. Todo mundo é tudo, pode ser tudo, é só ligar a máquina e mudar de marcha.

— E qual é o próximo estado?

— O quarto estado é o ekagra.

— Nome horrível, o pior de todos. Desculpe, continue.

— No ekagra você tem calma e tranqüilidade, pensa uma coisa de cada vez, entende. E pode meditar. O quinto estágio é o nirudha, as ondas mentais param. Você entende o silêncio, as formas. Você esquece de você.

— E aí fica invisível.

— Pode ficar, se quiser, mas isso não é importante. O importante é você ter domínio sobre você mesmo em relação aos outros, isso é o Yama: respeitar todas as vidas, a natureza, falar a verdade, não roubar, nem coisas nem idéias. Yama também é não usar a energia sexual para preencher um vazio. É não sentir posse sobre nada ou ninguém.

— Isso tudo é difícil.

— É muito difícil, mas se você consegue pode alcançar a felicidade sem causas externas, que vem de dentro de você. Com a mente concentrada em um objeto, ou numa parte do corpo, numa mandala ou num mantra, ou no fogo, ou nas folhas das árvores, você pode atingir a meditação: seu pensamento e o objeto são uma coisa só, a consciência vai além da mente e do tempo. Aí, se você quiser, pode ficar invisível.

— Como você faz ioga e toma drogas?

— Esse é o problema. Minha mente e o meu corpo nunca se deram muito bem. Eu sei que estou fazendo merda, mas faço mesmo assim, meu corpo vence.

— Isso me acontece muito. Você ficou invisível muitas vezes?

— Só uma, eu acho. Eu estava sozinha, mas sei que fiquei invisível.

— Podia ter se olhado no espelho para ter certeza.

— Isso é com vampiro, não dá para meditar se olhando no espelho.

— Você sabe tudo de ioga?

— Não sei nada. Se eu tivesse aprendido mais cedo... Quando eu aprendi já tinha entupido minhas células com aditivos químicos: nicotina, álcool, açúcar. E quando eu achei que tinha entendido, um vírus me pegou.

— Você tem aids?

— Tenho.

— E pegou como?

— Me picando. Ou transando com alguém, não sei, o vírus também não sabe. Durante muito tempo ninguém sabia se um vírus era uma coisa orgânica, um ser vivo. Pensavam que fosse um cristal. O ser vivo mais rastaqüera, mais ridículo, uma ameba, pode se reproduzir sozinho, em paz. O vírus não, ele precisa do dna de outro ser vivo, é um alien, um invasor. Talvez os vírus tenham vindo de um outro planeta, num meteorito.

— Quem disse isso?

— Eu é que acho. O vírus nem sabe que eu existo, para ele eu sou comida. E é por isso que eu vou morrer. Não faz diferença pro planeta.

— Para mim faz.

— Isso porque você é bobo. O que você fez para ficar invisível?

— Tomei frontal com fanta.

— Uva ou laranja?

— Laranja. A minha mente pegou um atalho, pulou direto para o último estágio. Eu já tinha ficado invisível antes, sem tomar nada. Acontece que eu tomei frontal com fanta quando estava invisível e acho que isso congelou a invisibilidade no cérebro. Uma parte do meu cérebro, a que comanda a invisibilidade, travou.

— E passou quando?

— Quando eu lambi uma garota.

— Lambeu?

— É.

— Onde?

— No banheiro.

— Não! Onde no corpo dela?

— No braço. Com a lambida o meu cérebro descongelou.

— E você nunca mais ficou invisível?

— Não.

— A mente nunca está satisfeita com o próprio funcionamento. Esse é o problema de uma máquina que pensa, ela pensa sobre si mesma e quer funcionar de outro jeito, não pára quieta. Aí você bebe, toma café, ou usa nicotina, ou toma frontal ou heroína. Merda é que a mente precisa do corpo e ele não agüenta a batida. Corpo é um problema.

— Eu gosto do corpo.

— Do seu? É bonitinho.

— Gosto mais do seu.

— Você tem bom gosto. E camisinha, você tem?

— Não.

— Que pena...

— Eu posso conseguir.

— É? Então consegue.

Eu consegui, com o enfermeiro, três camisinhas por um adidas quase novo.

— Eu consegui.

— O quê?

— Camisinha.

Ela riu.

— Que horas é a sua terapia?

— Depois do almoço.

— Consegue não ir?

— Pode ser.

— Se conseguir, fique no seu quarto.

— Tem um outro cara lá.

— Drogado ou esquizofrênico?

— Drogado.

— Tudo bem. Fica no quarto.

Eu não comi nada no almoço, disse para o médico que tinha vomitado e estava com diarréia, disse que tinha dores nos braços e nas pernas e que quando eu olhava para o lado os meus olhos doíam. Ele disse para eu me deitar, devia ser uma virose, eu disse que tinha terapia depois do almoço e ele disse que eu não precisava ir.

Ela entrou no quarto, o outro cara estava na cama dele, lendo. Ela disse oi e perguntou se ele queria um diazepan. Ele disse que sim e perguntou o que ela queria. Ela disse para ele sair do quarto e deu o diazepan pro cara. Ele me olhou, riu e saiu. Ela fechou a porta e botou uma cadeira encostada, apoiada no trinco. Ela tirou a roupa. Nós transamos. Era isso, agora sim.

Alguém que podia me amar, que sabia como eu era, que me olhava nos olhos, alguém para quem eu nunca ia ficar invisível, que podia me dar prazer e pra quem eu podia dar prazer, e todas estas pessoas eram a mesma pessoa. Quando entrei nela eu nasci.

Nós transamos mais duas vezes, uma na lavanderia e outra no quarto dela. A lavanderia era boa, cheia de sacos de roupas, mas podia chegar alguém. No quarto dela tinha uma mulher na outra cama, mas tomava uma dose gigante de amplictil e não acordava com nada. Ela disse, quer ver? Pegou o head-phone, botou no volume máximo e botou na mulher, que nem se mexeu. Eu achei meio estranho transar com a mulher ali. Faz de conta que é um cachorro, ela disse. Eu ri e me esqueci da mulher.

Nós estávamos outra vez no quarto dela, a mulher dormindo. Até podíamos transar, mas as camisinhas acabaram.

— Me conte uma coisa que você nunca contou para ninguém.

Ela ficou um tempo em silêncio, um tempo enorme.

— Eu tive um filho.

— E onde ele está?

— Morreu, antes de nascer.

— Quantos meses ele tinha?

— Cinco ou seis. Eu me drogava muito. Olha só.

Ela tirou uma carteira do bolso, tirou uma foto e me mostrou. Era uma foto de um bebê, careca, de olhos fechados, boca fechada, sério, as mãos erguidas. Fiquei olhando aquele bebê, com medo de perguntar qualquer coisa.

— O que é isso?

— Um bebê de seis meses. É uma imagem de computador. Ele já tem uma cara, parece gente.

— Parece.

— Eu fico imaginando a cara que o meu filho ia ter. Não fico muito triste dele ter morrido, eu ia ser uma mãe horrível, mas fico imaginando a cara que ele ia ter. Ele podia ser parecido com você, bonitinho.

— Vamos transar.

— Não tem camisinha.

— Vamos transar assim mesmo.

— Não.

— Eu quero.

— Quer morrer?

— Quero arriscar. Não me importo. Pro planeta, não faz diferença.

— Pra mim faz.

— Porque você é uma boba. Vamos.

Nós transamos sem camisinha e eu nunca mais tomei nenhum remédio. Às vezes, aspirina, quando eu tenho uma gripe. Eu fiz exame alguns anos depois, antes de casar, e não tenho aids. Tive sorte, boa sorte.

Talvez ela tenha morrido mais rápido por ter engravidado, por minha culpa. Ela ia dizer que eu era um bobo e que isso não importa. Um dia a enfermeira me chamou, disse que ela pediu pra eu ir na enfermaria. Eu fui, ela me disse que ia morrer.

— Eu vou morrer.

— Não vai.

— Vou, eu sei. Meu corpo me avisou.

— Quando?

— Hoje. Agora. Vou morrer daqui a pouco.

— Como você sabe?

— Não dá para explicar.

— É um qualia.

— É. Eu sei que vou morrer agora, acredite. Pega.

Ela me deu a foto do bebê de seis meses.

— Guarda.

— Eu não quero que você morra.

— Eu sei. Mas você tem que ficar vivo.

— Para quê?

— Para não esquecer do meu filho, só você sabe dele. Para não esquecer de mim. Promete que vai ficar vivo?

— Prometo.

— Quantas pessoas você já viu morrer?

— Nenhuma.

— Eu vou ser a primeira.

— Vai.

— Boa sorte.

Esta história é uma ficção. Qualquer semelhança com fatos ou pessoas reais é coincidência.

As definições de doenças mentais e de seus sintomas foram extraídas do CID.10, a classificação de transtornos mentais da Organização Mundial de Saúde e do DSM.IV, a classificação de transtornos mentais da Associação Americana de Psiquiatria.

Todos os remédios citados, bem como os seus nomes comerciais no Brasil, estão no *Dicionário de Especialidades Farmacêuticas* (1996/1997). Não sei se continuam existindo ou se mantêm a mesma fórmula até hoje. De qualquer maneira, todos os remédios citados só devem ser usados com indicação médica.

Carlton® é marca registrada da Companhia Souza Cruz. Sua venda é liberada ao público, mas desde 1990 (lei 8.069) é proibida a menores de 18 anos. Cada carteira de Carlton Red contém 20 cigarros "supergrandes, filtro mistura especial. Ingredientes básicos: mistura de fumos, açúcares, papel de cigarros, extratos vegetais, agentes de sabor, 8mg de alcatrão, 0,7mg de nicotina, 9mg de monóxido de carbono".

Os tranqüilizantes ou calmantes (remédios faixa preta) são conhecidos por benzodiazepínicos. Existem vários tipos de benzodiazepínicos e várias marcas disponíveis no Brasil. As mais conhecidas são o diazepam (Valium), clonazepam (Rivotril®), bromazepam (Lexotan®, Lexpiride®), alprazolam (Frontal®), flunitrazepam (Rohypnol®), flurazepam (Dalmadorm®) e midazolam (Dormonid®).

Frontal ®, um ansiolítico cuja substância ativa é o alprazolam (nome químico: 8-cloro-1-metil-6-fenil-4H-s-triazolo-(4,3-alfa) (1,4) benzodiazepina), é marca registrada, propriedade do laboratório Pharmacia&Upjhon. A Secretaria de Vigilância Sanitária do Ministério da Saúde classifica o alprazolam como uma substância psicotrópica do tipo B1, sujeita a notificação de receita médica do tipo B.

A bula do Frontal ® informa que o alprazolam, como os demais benzodiazepínicos, atua no sistema nervoso central. "Estes fármacos presumivelmente exercem seus efeitos através da ligação com receptores estereoespecíficos em vários locais no sistema nervoso central. Seu mecanismo de ação exato é desconhecido."

Fanta® é um refrigerante não-alcóolico, marca registrada de Coca-Cola Inc. Fanta® sabor Laranja chegou ao Brasil em 1964. Seguiram-na a Fanta Uva (1971), Fanta Laranja Diet (1990), Fanta Citrus, Fanta Maçã, Fanta Laranja Light e Fanta Uva Light (2002). 100ml de Fanta Laranja (não-diet) contêm 54 calorias, 14,5g de glicídios, 11mg de cálcio, 6mg de fósforo e 0, 3mg de ferro.

Não há nenhuma comprovação científica do fato da ingestão de Frontal ® com Fanta ® provocar invisibilidade.

Mas é aqui que toco num dos pontos principais de sua lição, que, aliás, não lhes é exclusiva, mas que possuem em comum com todos os seres providos de conchas: essa concha, parte de seu ser é ao mesmo tempo obra de arte, monumento...
Conhece-te, pois, primeiro a ti mesmo.
E aceita-te tal que és. Em consonância com teus vícios.
Na proporção da tua medida.

Francis Ponge (1899-1988), poeta e pensador francês

SERIAL KILLER
Adriana Falcão

Lá se foi outro neurônio.
Menos um.
Quem manda?
Já tomou o seu Prozac para começar o dia.
Já tomou cinco cafés para ter taquicardia.
Já tomou um Valiumzinho para a taquicardia ir embora.
Já tomou um Omeprazol para tranqüilizar a úlcera.
Já tomou uma Aspirina para evitar a formação de coágulos no sangue.
Já tomou meio Dramin só para ficar meio lesa.
Já tomou uma Neosaldina para ver se algo no mundo mudava.
Já tomou um Targifor C para agüentar o resto de hoje.
Agora está enrolando um baseado, e esse já é o segundo.
Não sabe ela, por acaso, que neurônio também acaba perdendo a paciência?
Está pensando o quê?
Nisso, provavelmente.
Não sou eu que penso por ela?
Então ela deve estar pensando nisso aqui que eu estou pensando.
Se bem que ela é tão louca que é até capaz de estar pensando em outra coisa.

O meu cérebro deve estar pensando que eu sou louca.
Como se nós tivéssemos vidas independentes.
Como se, eu sendo louca, ele também não fosse.
Como se eu não preferisse viver sem essas idéias dele.
Nunca deu uma dentro.
Nunca me ajudou em nada.
Não encontrou solução nenhuma.
Mas não consegue se conformar que nós somos desse jeito.
E fica me jogando culpa, me botando medo, me deixando mais nervosa ainda.

É por isso que eu vou pensar em outra coisa.
Se eu só ficar pensando nessas besteiras que ele pensa, acabo louca mesmo.
Perdi a paciência para pensamento ligado a destruição de neurônios e lesões cerebrais.
Não gosto do assunto.
Vou tirar da cabeça "os males da automedicamentação e das drogas", vou fumar o meu baseado e pensar no que eu quiser.
Uma praia deserta.
Um mar tranqüilo.
Uma suave brisa.
O que é que esse barco de piratas está fazendo no mar tranqüilo da minha praia deserta?
Melhor apagar o baseado antes que os piratas me ataquem.
Se eu tivesse um cérebro decente, não pensaria tantos absurdos, teria um funcionamento de serotonina adequado a uma vida saudável, e talvez até achasse que viver não é completamente impossível.
Conclusão: a culpa é sua, seu cabeça oca.
O que é que eu posso fazer se vossa senhoria necessita de estímulos externos para me deixar feliz e animada, porém calma?
É muita incompetência sua, desculpe a sinceridade.
E agora que eu me estressei vou tomar mais um pedaço de Valium.
Para danificar ainda mais os nossos neurônios sim, qual é o problema?

Atenção, neurônios com receptores para cannabinóides, olha o THC.
THC registrado.
Mais um tanto de Diazepam para aumentar a ação do nosso ácido gama-animobutírico. Agora sim vai ficar uma beleza essa quantidade de mensageiros químicos aqui dentro, uns se esbarrando nos outros, cada um indo para um lado diferente.

Assim não há sistema nervoso central que consiga ficar centrado.
Depois ainda me chama de incompetente.
Logo hoje que eu estou tendo trabalho dobrado porque ela acordou atacada.
Eu não devia ter sonhado com o Otávio.
Mas como é que eu podia inventar outro sonho se o nosso subconsciente só pensa nele?
Decididamente, a culpa não é minha.
Eu não mandei ele abandonar ela por outra.
E não consigo encontrar lógica para ela ter entrado nesse poço sem fundo.
Todo mundo já foi abandonado algum dia.
Acontece.
Parece até que esqueceu que existe uma coisa chamada autoestima.
Vive detonando nossos neurônios, depois esquece tudo, é óbvio.
Só não esquece de fumar e beber.
Pronto.
Foi só falar em beber e lá vai ela.
Imagina o etanol afetando meus neurotransmissores justo agora que eu já estou doidinho?

Basta eu ficar doida e já saio perdendo tudo.
Cadê a porcaria do... como é mesmo o nome daquele negócio que serve para abrir vinho?
Abridor é para abrir garrafa com tampinha de metal.
Eu acho que nem existe mais garrafa com tampinha de metal.
Agora é tudo plástico.
O que é que eu estava procurando mesmo?
O abridor de vinho.
E o nome do dito cujo.
Saca-rolhas.
O nome eu já achei.

Eu não tinha tirado ele da gaveta?
Tinha.
E onde foi que eu botei?
Em lugar nenhum. Olha ele aqui na minha mão.
Difícil agora vai ser utilizá-lo.
Nunca me entendi com esse saca-rolhas.
Sempre precisei do Otávio pra abrir garrafa de vinho.
Mas dessa vez eu vou deixar provado que sei viver muito bem sem ele.
É simples.
Envolve-se a garrafa num pano e bate-se com ela na parede que a rolha pula pra fora.
E cadê o pano?
Depois eu ligo pro Otávio e conto que abri a garrafa de vinho sozinha.
E cadê o pano?
Ele vai se sentir um inútil.
O que é que eu estava procurando mesmo?

Saudades da nossa infância.
Até os 7 anos, água com açúcar em dia de prova ainda era o máximo.
Na primeira comunhão, ela estava toda excitada para experimentar a hóstia e ficou bastante frustrada quando constatou que aquilo não causava nenhum efeito, pelo menos imediato.
Aí inventou de mastigar Cebion para sentir cócegas na língua, descobriu os prazeres dos estados alterados, e começou a me testar.
Depois daquele porre de batida de pitanga aos 16, iniciamos este caminho sem volta.
Tomamos muita cerveja com aquele Marcos do partido comunista, fumamos muita maconha nas reuniões do DCE, e naquele carnaval em Olinda até loló nós cheiramos.

Em que ano a gente passou aquele carnaval em Olinda?
E eu me lembro?
Só me lembro dela bebendo e eu ficando louco.
Aquele carnaval destruiu um exército de neurônios.
Cachaça, pau do índio, maconha, loló, e dois Ansilives para conseguir dormir de noite.
Saudades de Ansilive.
Tão bonzinho, tão levinho, tão vermelhinho que ele era.
Não sei o que seria de nós sem ele, nas nossas crises de pânico.
Foi quando ela descobriu o Anafranil.
E tome antidepressivo.
E haja inibição de recaptação neuronal de 5-hidroxitriptamina.
Saudades de Anafranil.
Aí o Lexotan entrou na moda e ela, claro, comprou logo duas caixas.
Não satisfeita em me deixar confuso com todo aquele bromazepan misturado com clomipramina, ela resolveu se apaixonar.
O meu hipotálamo quase enlouqueceu.
Maldito Otávio.

Graças a Deus eu não preciso do Otávio para mais nada.
Já consigo dormir com meu Dormonid, já consigo viver com meu Prozac, e até garrafa de vinho eu já consigo abrir sozinha.
Um Engov antes e outro depois.
Mais um Epocler no meio, e eu me garanto.
Se bem que, a essa altura, não deve haver mais garantia.
A fluoxetina do Prozac, mais o diazepam do Valium, mais o dimenidrato do Dramin, mais dois baseados, e ainda mais um vinho?
Essa mistura vai acabar comigo.
E não é justamente isso que eu quero?
É.
Mas se eu acabar comigo tendo menos ressaca amanhã é muito mais negócio.

Como é que eu vou conseguir agüentar eu e a ressaca, juntas, o dia inteiro?
Posso escolher entre um Chophitol, um Xantinon ou um Eparema pra ajudar, visto que não existe nada melhor no mundo do que Metionina e associações.
Faço uni duni tê, ou tomo logo os três?
Tomo logo os três.
Se eu continuar com esse escrúpulo todo por causa de um vinhozinho tinto com um ou outro remedinho vou acabar homeopata ou santa.

Antes uma boa taça de vinho tinto, rico em flavonóides, do que um destilado pra me atazanar mais ainda.
Agora ela fica mole de vez, toma o Dormonid dela, e chega de hoje.
Eu vou poder finalmente exercer minhas funções sem as intervenções dela.
E vou tentar sonhar com outra coisa que não seja o Otávio, senão ela começa a me entupir de um isso, meio aquilo, logo cedo.
Já começo a sentir os primeiros sinais do álcool.
O etanol começa a se converter em acetaldeído.
O meu sistema glutamatérgico dá seus primeiros sinais de preguiça.
Ela já está relaxando.
Botou um CD.
Deitou no sofá.
Viu que ainda não está relaxada o suficiente.
Levantou.
Vai pegar o Dormonid, se Deus quiser, e acabar com esse desespero.
Não disse que o vinho até ia ajudar?
Antes uma boa taça de vinho tinto, rico em flavonóides... eu falei uma taça, o que é que a senhora está fazendo com essa garrafa na mão outra vez?

Só mais uma tacinha não vai fazer mal algum.
Depois de tudo que eu tenho passado, só mesmo um porre de vinho.
Ou a morte.
Ou pelo menos um telefonema do Otávio.
Aos prantos.
Dizendo que sonhou comigo.
Que vai abandonar aquela mulher.
Que não sabe viver sem mim.
Implorando.
Que se eu não aceitar ele de volta, ele se mata.
Não precisa se matar não, Otávio.
Eu aceito.
Você é que não volta.
Por isso é que quem devia se matar era eu.
Aliás, a opção morte é muito melhor do que a opção porre de vinho, já que a segunda é apenas paliativa enquanto a primeira resolveria os meus problemas definitivamente.
Além do quê, pelo que eu saiba, morrer não dá ressaca.

Quando ela entra na fase do "melhor morrer", pobre de mim.
Apesar de saber muito bem que as causas da depressão também podem ser fatores sociais, personalidade melancólica, ou predisposição genética, ela cisma que eu sou o único responsável.
Como se eu tivesse escolha.
Como se eu também não fosse vítima da nossa árvore genealógica, dessa obsessão pela desgraça, e das desgraças que têm acontecido nesses últimos tempos, independentemente da nossa vontade.
Como se eu fosse maluco a ponto de resolver, da minha cabeça, que a nossa atividade cerebral ia funcionar mal e porcamente, sei lá eu por qual razão.

Por *hobby*.
Por teimosia.
Ou só para encher o saco.
E eu que agüente essas drogas que ela inventa, crente que vai reverter o processo.
Não dá para perceber que isso só piora a nossa situação?
Sinto lhe dizer que o problema é muito mais seu do que meu, minha cara.
Não que eu seja um cérebro perfeito.
Reconheço minhas falhas na transmissão de impulsos nervosos.
Sei que não sou o rei da sinapse.
Tenho certa dificuldade para captar e repassar as informações entre os neurônios, admito.
Mas depois de tantos anos de estimulante, calmante, estimulante, calmante, estimulante, calmante, fica difícil distinguir o que é fabricação própria do que me é impingido.
Nem tudo é função minha, ora pílulas.
Melhor nem falar em pílulas para não dar mais essa idéia agora para ela.
Vai que ela lembra que trocou o pôster do Marcello Mastroianni autografado por uma caixa de Rivotril com a Silvinha.
Melhor morrer.

Melhor morrer nada!
Eu ainda tenho a caixa de Rivotril que troquei com a Silvinha pelo pôster autografado do Marcello Mastroianni.
E só de saber que tenho o meu Rivotrilzinho para tomar mais tarde fiquei bem mais sossegada.
Contra Rivotril não há vontade de morrer que agüente.
O mundo fica quase bom.
A vida fica quase bela.
Eu fico quase feliz.

Fico tão quase feliz que até paro de chorar.
E nem quero mais um Dormonid urgentemente para acabar de uma vez com hoje.
Posso ouvir o meu CD tranqüilamente, enquanto termino minha garrafa de vinho.
Tenho certeza que não vou ligar para o Otávio, num impulso maníaco-obsessivo.
E por que eu ligaria para o Otávio se um Rivotril é muito melhor do que ele?
Para que um idiota se eu tenho um benzodiazepínico?

Então, repita comigo:
Eu não vou ligar para o Otávio.
Eu não vou ligar para o Otávio.
Eu não vou ligar para o Otávio.
Eu não vou ligar para o Otávio.
Eu não vou ligar para o Otávio.
Eu não vou ligar para o Otávio.
Eu não vou ligar para o Otávio.
Eu não vou ligar para o Otávio.
Eu não vou ligar para o Otávio.
Eu não vou ligar para o Otávio.
Eu não vou ligar para o Otávio.
Eu não vou ligar para o Otávio.
Eu não vou ligar para o Otávio.
Eu não vou ligar para o Otávio.
Eu não vou ligar para o Otávio.
Decidido.

Eu vou ligar para o Otávio sim.

Senão como é que ele vai ficar sabendo que eu não preciso mais dele para nada, nem para ligar de madrugada quando já estou um pouco bêbada?

Existem coisas que são para serem ditas.

Sem diálogo, não há saída.

De onde foi que eu tirei essa frase?

Não faço a mínima idéia.

Ela veio depois de "existem coisas que são para serem ditas".

Exatamente.

Eu estava defendendo a hipótese de ligar para o Otávio baseada na premissa de que ele não é adivinho.

Ele não vai descobrir que eu aprendi a abrir garrafa de vinho sem saca-rolha por transmissão de pensamento.

Se eu não o deixar informado acerca disso, ele vai ignorar para sempre o fato de que foi esquecido, superado, virou passado e agora está guardado na caixa de recordações do meu lobo temporal junto com outras vagas lembranças:

O formato dos óculos da dona Ruth, minha professora da primeira série.

Uma boneca Beijoca.

Uma calça Calhambeque.

Carlos Alberto levantando a Taça Jules Rimet.

A abertura da novela *Selva de Pedra*.

Uma minissaia de borboletinha.

Preta, preta, pretinha.

O Inocente, de Visconti.

Um fusca verde-abacate.

As armas e os barões assinalados.

Um beijo, numa ladeira de Olinda, não sei quando.

Mas não tem revolta não, eu só quero que você se encontre.

Para que eu estava fazendo essa lista mesmo?

Do motivo, eu não me lembro, mas se me lembro de todos esses itens, está provado que minha memória está perfeita.

Portanto, eu devo ligar para o Otávio, afinal ele foi uma pessoa importantíssima na minha vida, muito mais importante do que aquele fusca verde-abacate.
Mas eu não estava tentando provar justamente o contrário?
E eu sei lá.
O fato é que eu tenho o direito de me lembrar do que quiser sem que isso queira dizer que eu sou apaixonada por esse Otávio ou por qualquer outro.
As lembranças são minhas, ninguém tem nada a ver com isso, e pronto.

Chegamos na etapa do "agora dane-se", estágio avançado de bebedeira que nos faz perder totalmente o bom senso.
Traduzindo isso em números, estamos na quinta taça de vinho.
Daqui para a frente ela entra na fase nostalgia e se põe a buscar "momentos lindos do passado", exigindo de quem?
Da minha memória.
Pior.
Ela vai querer enfeitar os momentos lindos do passado, exigindo de quem?
Não há imaginação que consiga imaginar cada detalhe do jeito que ela quer que tenha acontecido.
Nem se eu fosse roteirista de cinema.

Música romântica.
Um solo de violino.
Não.
Um quarteto de cordas.
Eu me afasto do agito da festa, levemente inebriada de *champagne*, e vou até a varanda. O Otávio se aproxima.

Sorrimos um para o outro.

Ficamos olhando o mar, por uns instantes.

Até que ele fala.

"Nem acredito que estou aqui ao seu lado."

Eu rio.

O vento faz balançar os meus cabelos.

E ele me beija.

Eu não sei bem o que fazer, de início, mas acabo me entregando nos seus braços.

O mundo inteiro gira em volta da gente.

A música aumenta.

Então saímos, de mãos dadas, eu, ele e todo aquele encantamento.

Até que ficou bonito.

Mas a cena de verdade foi completamente diferente.

A noite estava nublada.

Um calor desgraçado.

Uma música insuportável.

O agito da festa, na verdade, não passava de meia dúzia de pessoas esquisitas.

Em vez de "levemente inebriada de *champagne*" seria mais correto dizer "completamente embriagada de cuba-libre".

Não havia mar nenhum.

A varanda, um puxado coberto com telhas de alumínio, dava vista para o prédio ao lado.

E o texto do Otávio foi fraquíssimo, não lembra?

"O meu amigo disse que a sua amiga falou que você pediu o meu telefone."

Você não sabia onde se enterrar de vergonha.

"Tem uma caneta?"

Ele perguntou.

Então você beijou ele e não ao contrário.

E se o mundo girou, não foi de encantamento, foi de cachaça mesmo, me perdoe.

Essa minha história com o Otávio nunca foi essas coisas todas, esta é que é a realidade.
Nem merece ser chamada de história de amor.
É história pura mesmo, história normal, que começa e acaba, como outras tantas.
Tudo não passou de dopamina.
Não é assim que a paixão funciona?
A feniletilamina aumenta o nível de dopamina, a dopamina produz seus sentimentos de satisfação e prazer, e a gente se apaixona.
Um dia a dopamina se aquieta e pronto.
Sobra só o casamento.
E dois filhos, no nosso caso específico.
Dia bom, dia bom, dia bom, dia ruim, dia bom, dia bom, dia ruim, dia bom, dia ruim, dia bom, dia ruim, dia ruim, dia bom, dia ruim, dia ruim, dia ruim e por aí vai, até o dia em que um dos dois cérebros invente outra paixão e tudo se acabe.
No nosso caso específico, o cérebro dele.
O meu não tem tanta criatividade.
Devem existir casais que consigam encontrar felicidade um no outro mesmo depois que a dopamina descubra que já se passou um tempo hábil para a procriação, motivo real dessa agonia toda.
Se existem casais assim, deve se tratar de um tipo de gente privilegiada.
Gente cujo cérebro sabe fabricar outras substâncias que resultem em prazeres de outras naturezas.
Comovente, isso.
Saber que podem existir cérebros mais românticos e menos químicos traz até um certo alento para a pessoa, e merece inclusive mais uma taça de vinho.

Para mim chega.
Quase quarenta anos ouvindo insultos estoura qualquer cota.
Não está satisfeita comigo?
Dê um tiro na cabeça.
Mas antes eu me sinto obrigado a relembrar uns pequenos detalhes.
Sou eu que controlo os seus movimentos, recebo e interpreto os seus estímulos sensitivos e coordeno os atos da sua inteligência, da sua memória, do seu raciocínio e da sua imaginação, modéstia à parte.
Mas você poderia, sob sua estrita responsabilidade, aproveitar tudo que eu faço com um pouco mais de habilidade.
É força de vontade o nome disso.
Existem donos de cérebros danificados que conseguiram reverter o seu quadro clínico por eles mesmos.
Você, querida, não consegue dar nem um passo de tão bêbada.
Tome vergonha na cara e faça alguma coisa pela nossa vida, ou então dane-se.

Vou ligar para o Otávio.
Decidido.
Para dizer o quê?
Invento uma mentira.
Digo que conheci um cara sensacional.
Bonito.
Inteligente.
E rico, principalmente.
Separado?
Viúvo.
Sem filhos.
Diretor de uma empresa?
Isso.
Diretor de uma empresa ligada ao ramo de exportação de derivados de soja.

Ninguém inventaria "ramo de exportação de derivados de soja".
Ele vai acreditar na hora.
Jantamos ainda ontem, eu e o...
Danilo?
João Alberto?
Carlos Henrique.
Jantamos ainda ontem, eu e o Carlos Henrique, uma noite agradabilíssima.
E quando ele veio me deixar em casa, rolou.
Não.
Não rolou.
O negócio é deixar o Otávio doido para impedir que role.
Quando ele veio me deixar em casa, comentou que estava se sentindo muito sozinho.
Que queria se casar de novo.
Só não tinha encontrado a pessoa certa ainda.
Então me olhou.
O Carlos Henrique nem é tão lindo assim, sabe, Otávio? Mas ele tem um sorriso.

Sabe o que é que falta em você?
Amor-próprio.
Você não é feia.
Eu não sou burro.
Logo, poderíamos ser uma pessoa autoconfiante, firme, por que não dizer bem-sucedida?
Com um belo futuro pela frente.
Daríamos a volta por cima.
Criaríamos nossos filhos sem a ajuda de ninguém.
Provaríamos que não somos dependentes químicos.
Nem dependentes de homens.
Faríamos um mestrado.

E uma plástica de pálpebras, o que nos daria um ar mais saudável.
Você parava de se drogar, eu ia poder trabalhar em paz.
Nunca mais nos sentiríamos culpados pela nossa franca decadência, pois não estaríamos nessa franca decadência.
E se, por acaso, encontrássemos um cara sensacional, usaríamos do nosso poder de livre-arbítrio, e ficaríamos com ele apenas se julgássemos conveniente, e não para exibi-lo de troféu para a sociedade.
Isto, se ele fosse um cara de verdade.
Porque inventar possíveis namorados para o ex-marido é a prova mais contundente de fraqueza a que pode chegar um ser humano.
Quer ligar para o Otávio?
Vai se arrepender amanhã.
Depois não diga que eu não avisei.

Eu sei que vou me arrepender amanhã.
Mas amanhã é outro dia.
E não adianta usar a lógica em certos casos.
Eu sou uma pessoa passional.
Não sou apenas uma massa cinzenta como você.
Eu tenho sentimentos, sabia?
Quer iniciar uma discussão sobre o que é essência: o cérebro, a mente, o espírito?
Então vamos lá.
Entraremos num problema ontológico.
Se o mundo é composto apenas de substâncias físicas e a mente é uma variação dessas substâncias, você é o todo-poderoso.
Mas se existe um mundo da matéria e um mundo imaterial, a natureza dos fenômenos mentais pode estar ligada a fatores independentes do senhor e desconhecidos da ciência.
Em outras palavras: se você manda na minha mente, a culpa é toda sua.

Se a minha mente, porém, não mora dentro da minha cabeça, é algo inexplicável que passeia em lugares que não existem, então ela é um estado subjetivo que pode funcionar apesar de você, e aí eu reconheço que tenho uma mente doentia.
E ligo para quem quiser.

Não.
Eu não quero ficar ainda mais confuso das idéias.
Não vou discutir teorias de identidade.
Não estou em condições sequer de saber quem sou eu, muito menos de saber quem sou eu, quem é você, quem somos nós, ou o que estamos fazendo aqui.
Filosofia agora nem pensar.
Nem dúvidas existenciais.
Não ao materialismo.
Não ao imaterialismo.
Não aos axiomas, às correntes, às escolas, aos paradigmas.
Ontologia, não.
Nem metafísica.
Nem mais um baseado.
Nada de Rivotril.
Não, eu não aceito mais uma taça de vinho.
E nem quero ligar para o Otávio.
Fui claro?

Ocupado.
Com quem será que ele está falando uma hora dessas?
Com a desgraçada, provavelmente.
Sinal de que eles ainda não estão morando juntos, graças a Deus.

Ou não.
Se eles estivessem morando juntos, a paixão gastava mais rápido.
E eu não dava seis meses para estarem separados.
Seria o fim da dopamina.
Nisso, então, eu estou levando vantagem.
Ela é só realidade, dia-a-dia, problema financeiro, restaurante lotado, discussão besta, e eu virei uma lembrança, um mistério, uma mulher etérea.
Bêbada, porém etérea.
E na condição de etérea, posso me materializar no que eu quiser.
Viu que maravilha?
Ela é exatamente o que ela é, enquanto eu sou a possibilidade em pessoa.

Agora sim você está falando como alguém digno da nossa inteligência.
Demorou um pouquinho, não acha?
Lembra da frase do espanhol que descobriu os neurônios?
"São as misteriosas borboletas da alma, cujo bater de asas poderá algum dia — quem sabe? — esclarecer os segredos da vida mental."
Você achou isso tão bonito.
De lá para cá, a neurociência avançou espantosamente.
E nesses últimos tempos, o que foi que você fez? Virou uma *serial killer* de borboletas.
Transformou a nossa vida mental num verdadeiro inferno.
A única metamorfose que você conhece é essa: passar de mal a pior.
Quer saber um segredo?
Borboleta gosta de borboletear por aí.
Seria demais pedir para você nos deixar em paz?

Tudo bem.
Eu vou parar de beber, vou parar de me drogar, vou parar de funcionar, vou parar, eu juro.
Vou tomar logo meu Dormonid para acabar de uma vez com hoje.
Nada como Maleato de Midazolam para apagar uma pessoa.
Chega de bobagem.
Chega de lembrança.
Chega de retórica.
Chega de desculpa.
Chega de desgraça.
Chega de viagem.
Chega de vinho tinto.
O telefone está tocando?
Problema dele.
Eu vou é dormir.
O telefone está tocando?

Não está ouvindo a campainha?

Nem tinha percebido.

Fica aí fazendo promessas que sabe que não pode cumprir e nem percebe o que se passa à sua volta.

E por que você não me avisou?

Como é que eu podia avisar se estava ocupado em pensar nas promessas que você inventa? Não há cérebro no mundo que consiga receber e repassar informações, enquanto se compromete com falsos juramentos, muito menos no estado em que eu me encontro.

O problema é o estado em que eu me encontro.

Justamente.

Atendo ou não atendo?

Não atende.

Seja lá quem for, vai perceber que eu estou um pouco bêbada, meio zonza, enfim, dopada.

Não atende.

E se for o Otávio?

Não atende.

Não vou atender.

Isso.

Alô?

Burra.

Otávio?

Desliga!

Remédio para dormir?

Os dele devem ter acabado.

Tenho sim.

Isso é golpe baixo.

Tenho Olcadil, tenho Rivotril, tenho Dormonid, você pode escolher.

Você está vendendo seus remédios por um mero encontro?

Quer voltar pra mim?

Mentira dele.

Descobriu que me ama?

Não cai nessa.

Não era só Dopamina?

Claro que era.

Era amor verdadeiro?

Ele deve estar bêbado.

O maior amor da sua vida?

Ele está bêbado. Comprovado.

O maior amor da vida de uma pessoa não acaba e recomeça assim de uma hora para outra, Otávio.

Boa.

E não foi você mesmo quem disse que o nosso casamento tinha virado um caos?

Eu estou aqui de prova.

Tudo muda?

Especialmente ele. Daqui a pouco muda de novo e vai dizer o contrário do que está dizendo agora.

A Teoria do Caos?

Conversa para boi dormir.

Já ouvi falar.

Se ele tivesse um Dormonid sobrando, não tinha conversa.

O bater de asas de uma borboleta em Pequim pode provocar um tufão em Macau.

Só sabe dizer frase feita.

É o "efeito borboleta" .

Não disse?

E a ordem do destino, se é que existe destino, pode ser alterada por determinadas escolhas. E você fez a sua escolha. E o caos é a origem de tudo. E o amor é um sistema caótico. E os sistemas ditos caóticos são matematicamente imprevisíveis. Entendi perfeitamente.

Caiu.

Então vem logo que eu estou aqui esperando com o Dormonid na mão.

Foi só ele bater as asas lá na casa dele e provocou um furacão dentro dela.

Não vai querer o Dormonid?

Está fingindo que não vem por interesse.

Vai querer namorar até amanhecer?
Melhor.

Esquece o Dormonid, e vem.
Esquece dormir.
Esquece as nossas brigas.
Eu estou morrendo de saudade de uma noite daquelas de antigamente.
A gente pode ser feliz.
O seu hipotálamo e o meu.
Sem Rivotril nem Prozac.
Só nós dois, eu e você.
A gente vai borboletear a madrugada inteira, eu, você e as nossas próprias feniletilaminas, dopaminas, oxitocinas, serotoninas e outras endorfinas naturais, causadas apenas pelos nossos beijos.
É claro que um vinhozinho sempre ajuda nessas horas.
Um vinho ou um *champagne*?
Um vinho e um *champagne*.
Francês.
Vou botar na geladeira.
E se a gente acordar de ressaca amanhã, tudo bem.
Eu tenho Engov, Epocler, Chophitol, Xantinon, sal de fruta, Milanta Plus, Neosaldina, Valium, Olcadil, e ainda carinho para dar.

Eu quero deixar bem claro que daqui para a frente não me responsabilizo mais pelos seus atos, pensamentos, palavras ou contrições.

Sono de ser, sem remédio,
Vestígio do que não foi,
Leve mágoa, breve tédio,
Não sei se pára, se flui;
Não sei se existe ou se dói.

Fernando Pessoa, em *Cancioneiro*

SEM REMÉDIO
Luiz Ruffato

Até perder-se.

A fina corda enrodilha-se firme entrededos sustentando a leve sacola-de-papelão que estremece a cada silvo da composição do metrô empurrando o ar dos túneis.

A bolsa-de-curvim marrom agarra-se ao ombro direito, militar.

As sandálias pretas sem-salto pânicas indecidem-se imóveis.

As minúsculas flores do vestido vagam à ventania estacadas no abismo da plataforma esbarros encontrões tropeços topadas xingam vozes alaridas **Senhora**!

Os olhos, esses viam, desentendendo, porém. E o que capturavam as orelhas eram babéis bíblicas de vigílias noturnas da Igreja Universal, ***Satanás quer a nossa alma, irmãos! Lutemos com todas as***.

Estática.

Longos riscos arranham sua vista cansada, cores avolumam-se e diluem-se, estrépitos varrem o negro chão **A senhora está**

Então, a urina quente escorregou coxas panturrilhas, banhou os pés sujos empoçando dedos unhas pintadas esmalte salmão **A senhora está se sentindo bem?**

Não...

O uniforme apertou o antebraço esquerdo, conduziu-a devagar em meio a pernas curiosas olhares indagativos desprezo zombaria **Mijou ali ó Deve de ser louca Aquela lá** risos passantes.

A quarta-feira irrompeu do sono sem sonhos de Ana Elisa, o despertador no criado-mudo esgoelara insucesso, o corpo sitiado na cama, de bruços, como adormecera noite anterior, dobradiça dos braços enrijecidos sob o peito, rosto voltado ao guarda-roupa, *arrumar os cabides limpar as gave*. Cinqüenta anos, cinco Lorax "antes de dormir", zumbiza pela casa, dois-cômodos puxados para os lados para cima na necessidade das gravidezes e nas posses do marido, mecânico que houve oficina própria, nos princípios, por perto, Cangaíba, monteeira de carros no aguardo da sua ciência, e que nos reveses sucumbiu a empregar-se aos outros, para os lados de Guarulhos. *São Miguel Paulista!* Outro bairro quando adquiriram o terreno, capinaram, levantaram paredes, lajearam, apearam as tranqueiras do caminhãozinho. Deserta, a rua, finalzinho da Estrada do Imperador, despencava num varjão, sapaiada batucando foi-não-foi-foi-não-foi, molecada jogando pelada até engolir a bola a escuridão. Tremia, confins desconhecidos, vizinhança de parcas palavras muitas desconfianças, sozinha na labuta da casa, o homem, cedo desperto, largava tarde o trabalho, estragando-se, pensava então, em motores e preocupações, que pouco aparecia serviço, muito era o calote, e aumentativas as precisões.

Bom, como tudo que começa, o casamento. Chegada de pouco das Minas, pelas mãos do tio, juntou-se aos irmãos, Gildo e Gilmar, numa casinha em Osasco, Jardim Belmonte, ajeitada no sofá-cama da sala, recolhendo-se apenas no depois da novela das oito, que a tia assistia e a isso não renunciava, ***única divertição que sobra***. Logo vendia, à comissão, lingerie na Rua Teodoro Sampaio, em Pinheiros, função que, se não calhava com seus estudos, escalara o ginasial, combinava com a beleza hoje oculta sob a pele triste. Infeliz, de tudo desgostava: viver de-favor com as rabugens da velha manina, desassossego de nem ter onde se pentear, minúsculo e mofado o único banheiro, a lonjura do lugar, tormento de ônibus lotado em esfregações senvergonhistas. E, então, Rubens. Não tivesse acompanhado a colega para um pê-efe no Largo da Batata, talvez nunca terçado os olhares, os dois, ele e ela. Percebeu-o fingitivo persegui-la e fim da tarde rondar cachorro a porta da loja. Convencido, ofereceu carona, ***Será que posso?***, ignorou-o protocolarmente, ***Vê se te enxerga, ô!*** Insistente, disse que era moço respeitador, ela acedeu, condicionando, ***Sou dessas não, heim!*** Bonito não, nem feio, mais para magro que gordo, para baixo que alto, cabelo índio e sorriso de canto, arreliada com a presteza de sair de debaixo das asas parentes nem reparou no restante, ***É honesto, esse Rubens***, avalizaram os irmãos, e coçou-se em casar, ter filhos, romper com pegadas próprias. E três longuíssimos anos arredou, tolerando isso e aquilo, no almejo de que mais dia menos dia. Tempo para Rubens estagiar na Ford, associar num negócio, comprar um lotezinho, levantar paredes, contratar cartório e padre e igreja (católica então, de ir em missa devezenquandamente) e reservar hotel para a lua-de-mel em Santos, o mar espojando-se nas escuras areias do Gonzaga.

E os rebentos vieram.

Josélia — nunca acostumou com o nome, feio, Rubens registrou a homenagem à avó — engordou dez quilos, enjoozinho primeira-viagem; receosa da morte rogava que nascesse perfeitinho, saudável; cuidadosa com a barriga, movimentava-a atentando que não roçasse nada; para o coraçãozinho latejante murmurava canções içadas da adolescência, o rádio esgoelando Jovem Guarda, bunda para cima mergulhada na fotonovela, sábados infindos esfregando o macacão imundo do marido, o sol esturricando os braços o pescoço os ombros, ele na sala/quarto dormitando, televisão ligada, o bambu empenado sustentando o varal junino, o vira-lata, como mesmo o nome dele?, foram tantos!, mordiscando o pêlo importunado de mosquitos. Jô, assim a chamava, chama. Jô.

Alan — esse, escolheu, bateu pé, brigaram de ficar de-mal um mês quase, ela toda vômitos, incomodada com o cheiro da tinta, que ampliavam os cômodos, agora uma sala grande, o quarto-de-casal, o da Jô, cozinha, banheiro e um puxadinho onde estocavam ferramentas e material de construção, que, reforçados os alicerces, realinhadas as colunas, ergueriam mais para a frente um segundo andar, a oficina avivando sonhos. Quatro anos a Jô — recordava a Ana Lúcia, a irmã caçula, gorduchinha, brincava de boneca com ela, encerrada no cercadinho, a mãe pedalando a Singer, retalhos forrando o cimento frio, onde andará? tanto tempo! estará bem? será feliz?

Da gravidez da Jô sobraram oito quilos; da do Alan, nove. Quando, sete anos mais, surpreendeu-a a rapa-do-tacho — uma bobeada na cartela de pílulas, passou pela cabeça tirar, às vezes pensa se não teria, deus que me perdoe, sido melhor, tanta desavença! — envergava arroba-e-meia acima da época do casamento. Mas aí, outras as preocupações... Rubens, descobriu, andava com deus-e-o-mundo, soube assim, acaso, um dia aporta fora de hora, à pergunta aconteceu alguma coisa responde ríspido, esquivando-se, atacativo. E os atrasos rotinizam-se, discussões por nadas, explosivo, intolerante, malcriado, enfezado, macambúzio. Depois, arrependido talvez, alegra-se, enfia-os todos no Escort XR3 e carrega para comer frango-com-polenta no Demarchi, em São Bernardo, ou visitar um tio insuspeitado em Campinas ou ainda um banho-de-mar na Praia Grande. Até que um dia aporta fora de hora, à pergunta aconteceu alguma coisa responde ríspido, esquivando-se, atacativo. Discussões por nadas, explosivo, intolerante, malcriado, enfezado, macambúzio. Depois, arrependido talvez, alegra-se, enfia-os todos no Verona LX e carrega para comer um macarrão com frango em São Roque, ou vadiar no Zoológico ou uma tarde inteira no Playcenter. Até que um dia aporta fora de hora, à pergunta aconteceu alguma coisa responde ríspido, esquivando-se, atacativo. Discussões por nadas, explosivo, intolerante, malcriado, enfezado, macambúzio. Depois, arrependido talvez, alegra-se, enfia-os todos no Monza e carrega para comer uma pizza no Tatuapé, ***Muito boa, Não, não, me disseram***, ou descansar num hotel-fazenda em Serra Negra, ***Não, Rubens, muito caro, Imagina, Ana, felicidade tem preço agora é?***, ou o aluguel de um bufê para o cinco-aninhos da Julinha, ***Pa-ra-béns pra vo-cê! Meu xodó, essa menina!***

De-primeiro sofreu o enjeitamento. Aos filhos, nada querendo deixar transparecer. Após a janta, aboletavam-se frente à televisão e um e um vencia-os o sono. Botava-os na cama, desligava o aparelho. Preparava-se então para os melindres da noite, o especulativo coração aos sobressaltos. Os que trabalham-e-estudam apeiam dos ônibus, trocam cansados saudações **Tchau Até amanhã Você vai sábado na** dissipam-se as vozes os passos. Espia à janela. Um carro sibila, os filhotes do boxer da vizinha choramingam. Espia à janela. Alguém desce a rua diligente. A madrugada acalenta o silêncio. Espia à janela. Gatos estranham-se no telhado da dona Preciosa. Em alguma casa tossem. Espia à janela. Ardem os olhos, dói o corpo exausto. Outro dia já. Mais um pouco e a manhã espreguiçará, frenética. Um bebê esperneia loooonge... madorna... A ventoinha do motor assusta-a, o marido tranca o portão, nem percebeu a chegada. Ajeita-se no sofá, os braços gordos entrelaçam-se protegendo-a da friagem, abre-se a porta, num murmúrio.

—Tarde, heim!?

— Ô Ana, acordada ainda?

E arremessa as chaves sobre a mesa.

— Onde você estava?, que mal lhe pergunte...

— Ô Ana!, não vai começar não, né?

Ela aproxima-se, cafunga sua camisa, seu pescoço, Rubens a empurra.

— Ana, pára com isso!

—Você não tem vergonha não? Não vê que está me matando? Desgraçado! Com quem você está saindo agora, heim? Filho-da-mãe! Chega em casa a uma hora dessas fedendo a perfume... a cachaça... Ai, meu deus, por que você não me larga de uma vez, heim? Por quê?

Rubens desvencilha-se, anda até a cozinha, escancara a geladeira.

Preso no quintal, o vira-lata geme junto à porta.

—Tem nada pra comer não, Ana?

—Vai pedir pra "ela" fazer, desgraçado!

— Pára, Ana, você está passando dos limites!

— Eu? Eu estou passando dos limites? Você ainda tem coragem de falar assim comigo? Desgraçado!

Preso no quintal, o vira-lata gane, arranhando a porta.

— Ana, vamos parar por aqui! Olha os vizinhos, Ana!

— Estou me danando pros vizinhos!, se você quer saber, me danando! Se você tem medo de escândalo devia pensar nisso antes de ficar por aí arrastando asa pra tudo quanto é piranha!

— Piranha não, Ana!

— Piranha sim, desgraçado! Agora vai defender essas mulambentas?

Preso no quintal, o cachorro principia a latição desesperada.

— Pára, Ana... olha as crianças...

— Desde quando você está preocupado com eles, heim? Desgraçado! Você nem dá mais atenção pra eles!

Rubens impele seu corpo contra o de Ana, volta à sala, busca o molho de chaves.

— Cadê, Ana?

— O quê?

— Faz de boba não, Ana!

— Vai sair de novo, é?

— Cadê as chaves, Ana?

— Aonde você vai?, vagabundo!, filho -da-mãe!

— Me dá as chaves, Ana!

— Desgraçado! Desgraçado!

Preso no quintal, o vira-lata ladra ladra ladra.

— Ana, se você não me der, eu vou arrancar de você!

— Então vem, desgraçado, vem me tomar!

Jô desce as escadas assustada, aos prantos segura a barra do vestido da mãe.

— Aí, viu o que você fez?, acordou a menina!

Ana eleva-a ao colo, acomoda a cabeça ao ombro, embala-a. "Chora não, minha filha, chora não..."

— E você ainda coloca as crianças contra mim! Não é possível! Não é possível!

Ana estende a mão.

— Aqui, a chave! Pega, vai embora, vai! Some da minha vida, some! Desaparece!, seu cretino!, desgraçado! Vai embora, vai!

— Vou embora merda nenhuma! Essa casa é minha também! Minha!, entendeu?!

— Não fala palavrão na frente da menina não, seu... seu... desgraçado!

Rubens chuta uma cadeira, que estronda contra a parede e derruba os girassóis de Van Gogh, espatifando o vidro que guardava o quadro.

— Eu não agüento mais!, não agüento mais!

Alan desce as escadas aos prantos.

Preso no quintal, o vira-lata ladra ladra ladra.

— Eu vou matar esse cachorro!

— Ai, minha nossa senhora, o que vai ser de nós, meu deus?, o que vai ser de nós?

O ginecologista do Hospital Tide Setúbal pegou a ficha, semilevantou-se, **E então?, como vai dona... dona Ana Elisa?**, e ela pôs-se a chorar convulsivamente. Surpreso, o médico volteou a mesa, ajudou-a a sentar-se na cadeira, tomou suas mãos, **Calma, dona Ana Lídia, fique calma, está tudo bem, tudo bem fique calma dona Ana Lí**

saíra cedo para fazer o preventivo e a estonteante manhã azul de ralas nuvens altíssimas derrancou sua memória e o olor das mangas-ubá que a dona Zulmira levava de presente embrulhadas no avental apoderou-se da van lotada e a mãe acorcundada pela costuração de roupa expõe as varizes entesouradas das pernas que fremem e fremem os pedais da Singer e o pai caiu no retrato oval sépia pendurado na sala, nunca mais arrastaria os tamancos pelos inflamados paralelepípedos de Cataguases os olhos pretos de Gabriel, **hoje conheci um menino tão bacana! ele se chama Ga** tudo se esvai... a mão sempre fria da mãe encaracola seus cachos negros, braços que raro caminhavam ao sol, tão enredados em moldes, chuleios, pespontos, cerzidos, alinhavos, arremates, caseados, pregas, mangas, cavalos, colarinhos, barras, decotes, golas, abotoamentos, bolsos, punhos, **ana elisa minha filha acorda** doze anos, tem manchas o teto do quarto que divide com a caçula, a Ana Lúcia, sonhos azuis madrugadeiros, o uniforme azul-e-branco do Colégio Cataguases molha na caneca de ágata malhada branca-e-azul nacos de pão-com-manteiga, a gordura bóia no café quente, gostava tanto, na casa do tio mastigava pão-dormido com margarina, engolia o Nescau, afobada para não chegar atrasada no serviço, evitar falatório, a cara gorda transborda do espelho do banheiro, ultrapassou a idade do marido, a tintura Wellaton preta mente os cabelos grisalhos falhos estragados, lateja a cabeça, rugas e pés-de-galinha e estrias e celulite arruínam a menina doze-anos, Rubens arruma amantes, sangra o salário em presentes e motéis e restaurantes e bares, ***Você viu o que você virou, Ana? Não foi com essa mulher que eu ca***

estressada, precisando descansar um pouco, heim?, olha, vou receitar um comprimidinho aqui pra senhora, vai ajudar a

relaxar um pouco, ó, tomar um antes de dormir, marca uma nova consulta pra gente examinar a senhora, obrigado, dona Ana Lídia, o próximo!

Mangueira na mão, dona Preciosa espalha ciscos da calçada, fim de tarde

"Ana Elisa, minha filha, fica assim não. Tristeza não vai te conduzir a lugar nenhum. Ergue a cabeça! Não pense você que seu problema é único. Não é! Todo casamento passa por uma crise um dia. Eu, por exemplo. Hoje você vê o Filinto: excelente pai, excelente avô, aliás, logo logo vamos ser bisavós, excelente marido... Você acha que foi sempre assim? Que nada! Pois eu é que sei o que esse homem já aprontou na vida, o que ele me fez sofrer!, mulherengo farrista! Gosto dele era ir pra fuzarca e me trancar em casa com as crianças. Nessa época a gente morava de aluguel na Vila Ema e eu perdi a conta das noites maldormidas por causa das safadezas desse velho da cabeça branca. Às vezes descobria o paradeiro dele, uma vizinha ficava tomando conta dos meninos, e eu ia atrás. Chegava no botequim, ele, uma sirigaita no colo, bebendo cerveja, ou flagrava ele num arrasta-pé, agarradinho no cangote da meretriz, ou caçava ele em hotel ordinário ou até mesmo na residência da fulana. Armava um frege, levava ele de cabresto pra casa. Com o tempo, amansou, encaramujou. Quer o conselho de uma velha? Você anda muito desleixada. O homem busca fora o que não possui no lar. Você precisa fazer um regime, esmagrecer, marcar salão de beleza, tratar o cabelo, se empetecar... Vai por mim, Ana: tem que apimentar um pouco..."

Tentou: dieta da lua e dos líquidos, das frutas e da sopa, das massas e dos signos, entrou para o Vigilantes do Peso e fez simpatias (Quarta-feira: pela manhã, coloque o número de grãos de arroz, correspondente aos quilos que você deseja perder, dentro de meio copo de água. Não coloque grãos a mais, pois os quilos perdidos não serão recuperados. À noite beba a água deixando os grãos de arroz e complete novamente meio copo de água. Quinta-feira: pela manhã, em jejum, beba a água deixando os grãos de arroz e completando novamente meio copo de água. Sexta-feira: pela manhã, em jejum, beba a água, desta vez com os grãos de arroz junto. Instruções: conserve o mesmo copo durante o processo; não faça regime pois a simpatia é infalível; tirar o número de cópias correspondentes aos quilos que você deseja perder; comece na quarta-feira seguinte à distribuição das cópias; publique na mesma semana) e tomou Herbalife que dava caganeira Hipofagin que dava tremedeira

Alô, dona Ana Elisa? Tudo bem? Você precisava ver que graça o seu marido aqui, deitadinho na minha cama, dormindo feito um anji

Alô? Você sabia que o seu marido montou casa pra amante dele? O nome dela é Nilda. O endereço é

Tentou: corte moderno e alisamento, massagem facial e limpeza de pele, depilação e unha postiça

Dispensado do serviço-militar, "excesso de contingente", Alan enrabichou-se com uma moça, boazinha sim, mas bem mais velha, e tretou-relou saiu brigado com a família, "Fico aqui mais não!", e alugou um barraco na favela Maria Luiza, em Itaquera, "É ruim, mas é melhor que esse inferno aqui de casa".

Tentou: lingerie erótica,.tomou o Cemitério da Saudade-Parque D. Pedro, bateu-cabeça pelo centro mas temerosa de bisbilhotices, enxergava conhecidos entrepostes, pegou outro ônibus e subiu a Rua da Consolação, rapace à caça de um sex shop, deus meu, a que ponto cheguei!, apeando na confluência com a Avenida Paulista, discreta passeou pela calçada da loja, contornou o quarteirão respirou fundo e mas saía um rapaz, contornou o quarteirão respirou fundo e mas volveu desencorajada, contornou o quarteirão respirou fundo e mas surpreendeu a balconista apontando-a, contornou o quarteirão e cismou que a perseguiam e apressou-se e a perseguiam e correu e a perseguiam e fugiu aterrorizada em direção à Avenida Doutor Arnaldo, sem valência de virar o pescoço para trás. Mãos trêmulas compraram calcinhas vermelhas e camisola preta nas Lojas Americanas da Rua Direita

banhou-se em Absyntho e borrifou o lençol e a colcha lambuzou o rosto de creme Pond's e transferiu o três-em-um para o quarto e o O Melhor do Oscar — volume 2 rodou rodou rodou rodou rodou e serenou e os pardais beliscaram a escuridão e o vira-lata rosnou e estacionou o carro na garagem e abriu a porta e lançou as chaves para sobre a mesa da copa e furtivo adentrou o quarto e despiu-se e depositou a calça a camisa a carteira na penteadeira e pôs o calção e deitou-se e o sol atiçou os barulhos da manhã.

Longos cabelos como o comprimento da saia ofertaram um exemplar da **Folha Universal** no esbarra-esbarra do Vale do Anhangabaú. Enfiou-o autômata na sacola-de-plástico que guardava novelos-de-linha e agulhas-de-tricô, e, à noite, aguardando na cozinha a Jô chegar da faculdade, que ela cursava fisioterapia, para esquentar a comida, abriu o jornal e encontrou em histórias paralelas palavras que amenizavam dúvidas e dia seguinte buscou uma igreja e chamada irmã freqüentava cultos e pagava o dízimo, Rubens contrariado, que nomeava aquilo palhaçada e bobagem e ladroagem e maneira-fácil-de-ganhar-a-vida e que esses pastores querem mais é
Júlia malcriada Júlia problemática Júlia esquisita Júlia tatuada Júlia cortada a faca e a vidro Júlia piercings Júlia debochada Júlia enfrentando o pai Júlia largando a escola Júlia trazendo gente para dormir em casa Júlia pega com maconha Júlia transando com o namorado na sala Júlia ameaçando fugir de casa Júlia roubando dinheiro da carteira do pai Júlia arrumando confusão com a vizinhança Júlia dias sem voltar para casa Júlia vendendo cedês da Jô para comprar ingresso para o show do U2 no Morumbi Júlia grávida Júlia abortando Júlia encontrada desmaiada na Radial Leste Júlia presa Júlia Júlia Júlia

A ambulância quebrou a esquina, É ali, pode parar, estacionou. Dona Preciosa, que lavava a calçada, acorreu, Meu deus, o que que aconteceu? Nada não, dona Preciosa, nada não... Meu deus! Deixa eu ajudar. O enfermeiro bateu a porta do carro, Fique bem, heim, dona Ana!, despediu-se. Dona Preciosa ajudou-a a entrar, deitar-se e o fim de tarde recolheu seu desânimo.

À noite, Jô repassou os fatos, intrigada, **Mas, mãe, por que a sacola tinha uma muda de roupa limpa?** Ela, mirando o teto, **Queria ver se achava alguém pra consertar, minha filha... Alguém que pudesse consertar...**

Eu me movimento estremecido perto de alguma coisa grande, mas escondida na escuridão do meu cérebro. Só estou convencido de duas coisas. A primeira é que esse acontecimento, de que não me lembro, foi o maior da minha vida; a segunda coisa vem de um determinado instante,
quando de repente, e por um segundo, o véu foi levantado e entendi tudo.

G. K. Chesterton (1874-1936), em *Uma História Maluca*

A NOITE
Isa Pessôa

para Morena

A língua em frente ao espelho é azul – bem mais forte que o de minhas receitas preferidas, tons acima, marinho banhado de sol sob o frio do banheiro. O clonazepan nunca deixou a língua assim. Com o vinho fica roxa, que nem o sapato. Por onde você andou mulher, com quem dormiu, em que noite se meteu, quantos cigarros fumou. E quanto tempo, isso seria tão importante saber, e quanto tempo se passou desde que a noite veio e este pedaço da memória sumiu, como um chip inesperadamente deletado do cérebro.

Nunca fui boa para arquivar detalhes, mas números de telefone e cores costumam evocar lembranças corretas. Pois é, as coisas mudam. Nenhuma pista sobre as últimas horas, além do pesadelo com as ondas gigantes. Nada adequado sobe à cabeça, emergindo do estômago, de onde nascem os pensamentos, pelo menos os meus, é da barriga que nascem — a mensagem pulsa das vísceras, e como na lógica da informática, o cérebro recebe, processa, esquece, não esquece, salva, suprime. O cérebro só obedece ao que revira as tripas.

Com o naco solto da memória sigo pro quarto, procurando a bolsa e tudo que dela atropeladamente se perde, óculos chaves batom celular, a cartela de rivotril, dois miligramas sob a língua mesmo azul se necessário for. Bosta de manhã, aguda e límpida. O armário com sua gama de pretinhos, o rosa-limão tão verão que passou e o tédio bailando entre os sapatos. Falta o roxo. Que está na sala. Um pé na sala e o outro na cozinha. Que nem eu. Que ninguém saiba. Que nem eu sei, porra, por que o sapato tá fora da gaveta e a cabeça longe da noite.

Extrair a mente do que o corpo sente acabou se tornando uma especialidade minha, um tipo de síndrome que ataca a gente na infância e depois adquire musculatura química. Não podia dar em outra. Feixes de elétrons emitidos pela televisão, e captados ao longo da segunda infância, sem interrupção, em altas freqüências noturnas, só podiam alterar, e como, as flutuações elétricas do cérebro.

Grudava em frente ao transmissor e assim ficava enfeitiçada, mil e uma noites, assistindo às telenovelas em branco e preto. Única alternativa para receber e agrupar a imagem da mãe, que chegava pela série de linhas claras e escuras da tela, fragmentada como objeto e função. No sofá ameixa tentava sugá-la pela TV, será que ela também me via?, numa operação complexa e sôfrega antes do pai voltar do plantão, ele e sua inconstante doçura.

Podia trazer o embrulho com as frutas, duas peras, a maçã embalada na seda azul, me afagar o cabelo enquanto a gente sentava junto pra tomar café. Mas — às vezes vinha com a sobrancelha crispada e dava pra apostar, está pensando nela. Numa noite como essa inventava sono e fugia pra cama, tudo apagado na casa, só uma lâmpada acesa na cozinha onde o pai se instalava silencioso e por horas, quando então eu captava o som pela onda de luz, que caminhava austera pelo corredor.

Era ele pensando e eu só escutando, por que nunca mais telefonou faz tanto tempo, eu você pode esquecer, e por que tive que insistir tanto, eu sou uma besta, sou um doido. Não deu nada certo, todo mundo sabia há tempos, mas era com a mãe, em voltagem explosiva e contínua, que o pai se enrodilhava, e se esquecia.

Não sabia quantos comprimidos ele tomava depois, acho que dois, o último cigarro e o barulho da porta do quarto, fechando. Então me cobria com a colcha de chenile vermelho, o turbilhão acústico vinha de dentro e o estômago ardia. Hoje eu sei: prometazina. Era só disso que precisava, um tipo de remédio pra enjôo. Provoca sedação, atuação quase instantânea e dá pra você comprar sem a receita azul.

Nenhum outro apagamento, de tantos que atravessei, se compara ao que atormenta esta manhã que começou cedo demais. Passa das 11 quando aterrisso na redação já fervilhante, e como o entusiasmo dos focas me parece especialmente nefasto nesta sexta-feira. Preciso fechar três colunas, deixar tudo pronto para as edições de sábado, domingo e segunda, o que significa dar ou atender pelo menos 657 telefonemas de gente da pior espécie, aí me incluindo, pois é preciso caitituar, persuadir e sobretudo falsear, uma página inteira de jornal para preencher, multiplicada por três, e na cabeça ainda reina o mal da ausência.

Um efeito congelante se instalou no cérebro desde alguma hora indeterminada de ontem, tente lembrar mulher, o que fugiu da noite até o instante em que o sol bateu na cama. Isso já aconteceu outras vezes, sem dúvida, e de forma bem mais divertida, nos anos 80 era até relativamente comum, pileque, tesão e um quarto desconhecido ao acordar. A questão não é mais o espaço físico, abri os olhos sob o mesmo lençol de listras bege algodão 400 fios, no lugar mental é que habita um rio, lodoso, de onde não consigo fisgar sequer um byte de qualificada informação.

Preciso caçá-las agora, para as malditas colunas, que esqueça de lembrar, que me concentre na longa jornada tarde adentro, antes que as assistentes invadam a sala com dúvidas, blocos e boatos, qual é o talk of the town? Num fechamento desesperado, como este que se anuncia hoje, propus um escambo para o assessor que me enchia os ouvidos, pedindo uma nota sobre a nova boate da Lapa: não quero ir à estréia, não precisa reservar a melhor mesa, você me traz uma caixa de lexotan?

Ligo o computador, os leves zunidos de encaixe da memória, a dele, começam a tilintar, pelo menos alguém está funcionando neste aquário, mas enquanto a primeira imagem surge na tela, em azul-de-aço, é aquela, a mesma nuance da língua, entre o verde e o violeta, a mesma, a cor da cápsula do midazolam que se mistura à saliva, o remédio para situações-limite, foi isso, e ontem foram dois, onde é que eu estava com a cabeça, dois comprimidos, 15 miligramas que tomei exatamente aqui, nesta cadeira, antes de apagar a luz da sala e o hard-drive do cérebro.

Do primeiro apagão salvou-me o pai, e como um relâmpago a tarde remota se precipita na sala. Fecho as cortinas metalizadas para conter o dique que se abre, e de onde jorram sensações caudalosas, tudo menos chorar, o aquário foi feito pra isso em qualquer redação, você pode ver sem ser visto, os graduados aqui dentro e a escória lá fora. Agora por favor além da redentora invisibilidade não quero ver ninguém, muito menos as estagiárias de calcanhar sujo.

Quando bateu o primeiro branco também era lúmpen, como se dizia então, eu e as Pantímicas, a banda mais animada e louca que conheci, embora adultos cultivem certo tique generoso ao resgatar arquivos adolescentes da memória. Mas elas tocavam com amor e eu agenciava com coragem, sabia negociar os melhores horários e tarifas com os bares em Búzios, selecionava o repertório e traficava receitas com os farmacêuticos locais, em troca de entradas para os shows.

Altas doses de anfepramonas nunca foram suficientes para derrubar meninas de 17 anos, todas nascidas sob o signo do porco, o signo chinês capaz de suportar extremos, frio, saudade e dor, excessos passíveis de abalar a constituição orgânica de qualquer outro, que fossem dragões ou serpentes. E ainda por cima éramos da linhagem que pretendia alçar vôo, os porcos com asas.

No aquário escuro onde as lembranças decolam rodo loucamente em volta do computador, como um peru fugindo do seu algoz no natal, preciso interromper o fluxo, o choro, o rompimento da barreira, o aguaceiro que não pára de pensar. Era domingo, porteiros ouviam futebol no radinho de pilha, hora do lobo, assim apaguei pela primeira vez e salvou-me o pai.

"Pode acontecer, percebe? A que horas você tomou? Pois então, a amnésia anterógrada costuma vir ao longo das três, quatro horas seguintes. É uma reação adversa, digamos assim. Um efeito paradoxal, percebe? Você não tomou o remédio pra dormir? Então... ahn. Sei. É uma substância hipnótica, sim, pode provocar essa reação ao contrário... insônia, acessos de raiva, ansiedade, desrealização, olha, até um certo tipo de sonambulismo já observei em alguns pacientes. Pois então. Múltiplas drogas. Eu já tinha te dito isso, misturar não. Há pacientes que ficam superexcitados... pode. Pode ter acontecido. Mas aos poucos você se lembra, como a gente vai recompondo as impressões de um sonho, percebe? Vai puxando pela memória que a coisa vem... você o quê? Ah, pode acontecer, a cápsula é lacrada por um sintético azul intenso, que mancha na boca, mas não durante tanto tempo, percebe?"

Todo viciado em remédios precisa de um médico de proteção, tipo santinho pra guardar na carteira, e o meu São João Manuel já me livrou de boas. Estou em pleno rebote, numa síndrome transitória, precisando urgentemente de coca-cola e de um outro ansiolítico, rápido, na veia, ainda tem esse almoço marcado na cidade pra daqui a cinco minutos. Foda-se, quem é mais importante chega depois. Ou chega antes? Hoje sou um trapo químico e confuso à procura de notícias borbulhantes, tem tudo pra dar errado mas quem sabe outro efeito paradoxal abre as asas sobre nós.

Lembrar nem pensar. Idéia besta recompor a noite como um sonho, ainda mais se amanheci no pesadelo e tenho pressa. No táxi abro a janela e como aqueles cachorros peludos jogo o focinho pra fora, desmemoriada e livre.

Ela espera com os infalíveis óculos gucci mas por trás deles, percebe?, eu percebi, o olhar petulante e irritado, um atraso de 20 minutos, realmente, pedirei mil desculpas e ela vai fingir que não tem a menor importância, é especialista em mentir como as mais novas amigas de infância.

— querida.

— desculpa o atraso, tanta coisa pra resolver...

— menor problema.

— vamos pedir uma caipirinha?

É fundamental que ela tope, quebrar o gelo daquele coração presunçoso, e depois da primeira dose Gabriela dá uma relaxada essencial pra abrir as torneirinhas. Gabriela Kasper-Hause finge não ostentar o sobrenome famoso, o pai, a mãe, mesmo que mortos, foram tão importantes, ela não é embora obviamente se esforce, desenha nus, namora um DJ, quer ser moderna, dá tudo pra ser, mas talento mesmo só para circular na noite e fornecer notas, nisso é irresistível.

— Elas fazem trabalho com sangue de galinha, você não tem no-ção, tomam banho de tudo, de fumo-de-rolo e sete pedras de carvão, é verdade, tudo instruído por aquele pai-de-santo, o baiano lipado, não tomam decisão sem ouvi-lo, parece que foi assim que a Laura sumiu de circulação, as duas são do mal, peraí, você não tá entendendo, é trabalho com galinha mesmo, torcem elas o pescoço, já imaginou a solidão em que ele, Ele, não vive? Com duas mulheres dessas tomando conta de tudo?

— Deve ser por isso que atua tão bem.

— Só pode.

— Iago perde.

— Pois mentiram pra ele, falaram que o tal teatro de Nova York não queria mais fazer a peça, e na verdade elas é que não curtiram o negócio. Talvez pela grana, sempre acham que é pouco. Mas o espetáculo era cult, aquele escritor russo, como é mesmo o nome?, tava programado há meses, uma coisa inteligente, chique, você sabe, tudo que ele mais sonha fazer na vida.

— Então o espetáculo foi cancelado.

— Pois gorou. Totalmente.

— Sensacional. Puta nota.

Gabriela lembra da musa que voltou pra comissão de frente, prometendo usar calcinha transparente e raspar os pêlos pubianos no formato de avestruz, quando a cabeça se enterra na noite atrás de um rastro, onde é que fui parar meu deus, será que subi a Rocinha pra fumar skank, que ridículo, era só ligar pro Edu que ele arrumava num instante, não saí pro baile funk, de repente dei pra um sujeito qualquer no meio da rua que me viu passar, estranha, tão alta, drogada e com sapato roxo.

— Vai estourar.

Gabriela notou alguma coisa errada na minha cabeça. Suspendo a respiração e tasco uma garfada no risoto.

— Você não reparou? Depois das 17 plásticas, ela agora tá fazendo enchimento pra aumentar os lábios, aquela boca vai estourar, cara, hidrogel que neguinho usa em ampolas pra anestesiar cavalo... Ela não desiste, totalmente sinistro, ouvi dizer que fez enxerto de pele com um médico do Sul.

Quatro caipirinhas depois, ela de volta a Ipanema, eu no táxi, sentido contrário, contornamos a praça Mauá e de repente o coração dispara e as mãos começam a suar. É a síndrome transitória, só pode ser, trânsito parado e o carro estacado em frente ao edifício A Noite, o primeiro arranha-céu da América Latina. Aqui mesmo, onde os dois se enroscaram na escada escura.

O edifício tremulava levemente em frente ao cais, como meu corpo agora, ainda mais se fosse janeiro ou setembro, quando a ondulação das marés afetava o piso dos andares mais altos, e era setembro, teve o blecaute, em junho nasci. Imagina o tempo em que os dois ficaram engatados na escuridão, até depois que o elevador voltou, muito depois, é bom trepar numa escada, você se encaixa nas proporções adequadas.

Eram dois contrários, fama e anonimato, amargo e doce, branco e preto. Podia funcionar lindamente mas não foi o caso. Não se deram futuro e o presente como sempre exíguo, televisão, miss Brasil, Rio em Brasília, e a Rádio Nacional, olha só lá em cima, no topo do edifício, balança mas não cai. Uma gravidez encoberta como o namoro nas escadarias, até que a diva abriu: você cuida dela ou a entrego pra minha família em São Paulo?

De onde vem esta onda, que bode, eu não tenho noção, o táxi não anda e o cérebro insiste em lembrar, dados recuperados de forma magnética que infelizmente não informam sobre ontem, nada, sobre ontem nada dizem, muito pelo contrário, recuperam o momento inaugural, um mito fundador, assim é demais pra esta sexta nebulosa, eu encarando a Noite no engarrafamento da praça Mauá. Saco a cartela de rivotril, o segundo do dia, mais dois miligramas pra esquecer, o arranha-céu vira o passado da avenida, Presidente Vargas, toca pro jornal moço, tô atrasada pra uma reunião.

A pontualidade nunca foi meu forte e quando entro em certo transe, na sala fosforescente, ninguém parece notar. O editor de economia gaba-se de um furo que ainda não descobri qual, o seu rival da política finge não escutar folheando uma revista importada, não li os jornais ainda, não li porra nenhuma mas preciso aparentar cara de conteúdo. Ouvimos todas as ponderações do chefe de redação sobre os horários tardios de fechamento, os prazos industriais, é necessário que prestemos atenção aos prazos industriais, chega minha vez.

— Temos lindas fotos do prêmio Shell de ontem à noite, Aldir Blanc e João Bosco, palco e bastidores.

— E a futrica? – O ponderado editor-chefe quer sangue, só tenho o das galinhas.

— Houve uma rinha entre peruas, a apresentadora do prêmio não quis fazer as pazes com aquela sambista... como é mesmo o nome? a gorda escrota?

— Neca Guaracy.

— Isso. Neca disse que topava cumprimentar a Rosana quando fosse chamada ao palco, mas ela não quis.

— Mas essa história todo mundo tem – observa apropriadamente o filho-da-puta do Tarcísio, o editor de esportes que um dia quis me comer.

— Temos umas frases exclusivas, a Rosana chamou Neca de catimbeira, só a nossa repórter ouviu, e depois ainda disse que a outra não passava mesmo de uma crioula mal-educada.

— Isso é bom – sorri sensato o editor-chefe.

Não foi o sorriso, tampouco a sensatez, mas por algum estranho sinal a angústia dispara novamente da barriga para o esôfago, nó na garganta, prenúncio de mutações aceleradas na eletroquímica já bastante transtornada do meu cérebro.

— Temos como provar?

— Pelamordedeus, Adolfo, provas você por favor exija dos editores sérios, de mim fuxico, que já tá de bom tamanho.

Não tenho condições de ir adiante, todos os meus dispositivos internos, concebidos para manipular símbolos e fornecer respostas, entram aceleradamente em colapso, preciso de um antiácido, é urgente, a boca seca, palpitações e tráfego ainda congestionado na garganta. Os editores sérios levantam uma oportuna discussão sobre fontes que precisam ser preservadas, semana passada aquela história sobre o apoio de Lula à prefeitura do Rio vazou de forma inadequada, francamente, tínhamos como provar mas ninguém revelaria as fontes, da próxima vez – foi a deixa, levanto sorrindo como aprendi que toda mulher deve fazer, sorrir suavemente pra que ninguém lhe pergunte nada, saio sorrindo dulcíssima para vomitar no banheiro.

O amarelo viscoso escorrendo pela boca, um cheiro forte de álcool, secreções com diferentes texturas misturadas a peles de tomate e grãos de arroz, e alguma coisa lá no fundo, que vem expulsa das entranhas, cor estranha, jambo encarnado e náusea — nunca mais, nunca mais, nunca mais beber, fumar, nunca mais, nunca mais tomar drogas, esses comprimidos, nunca mais. Não se calcula o tempo, mas é infindo, o tempo em que sua cabeça mergulha em direção ao vaso sanitário e você implora por piedade aos céus, enquanto os intestinos anunciam sua morte iminente, nunca mais, nunca mais.

Pois quando o jorro do vômito cessa, e o alívio chega, e você lava a boca, o rosto e os cabelos, e se olha no espelho, e pode se considerar um sujeito definitivamente alterado, para o resto dos seus dias, assim como me considero, quimicamente alterada para sempre, não existe nunca mais.

Você sabe disso no instante em que respira fundo e se pergunta: com aquilo também foi embora o efeito dos remédios? Do midazolam com certeza, que deus o tenha e guarde, dessa história de sonambulismo e desrealização tô fora, mas e os ansolíticos, cacete, para onde foram, será que algum substrato ainda corre pelo sangue?

Na claridade do banheiro me indago sobre o destino dos remédios e o passado da pele, como arduamente cultivei esta branquidão com todo tipo de ácido, retinóicos, glicólicos, hidroquinonas, sem contar a falta absoluta de sol durante os últimos 20 anos. A morena jambo-bravo que fui um dia aqui chegou, em fina estampa, tão bizarra como a cor de neve recém-caída no balneário atlântico.

Avenida Atlântica, ah foi assim, foi pela praia, peguei a Atlântica pra voltar pra casa, e deixei o vidro do carro aberto, vento morno, madrugada, e o mar estava revolto, não, isso não, esta história de mar revolto é do sonho, do pesadelo com a onda imensa que me buscava na poltrona e jogava longe, lá no fundo, ontem à noite vim de onde?, voltei de algum ponto da cidade antes de Copacabana, isso, e fui dirigindo pela praia até o Leblon.

Saio do banheiro pra tomar água, muita água, o que não costumo fazer, ainda mais no bebedouro junto ao fumódromo da redação, onde a plebe se encontra pra conversar e tomar cafezinho, mas quero testar o quanto tremo, se conseguirei andar e até quem sabe ouvir, essa coisa custosa quando os ouvidos estão bêbados, e eles zunem, como os dados de um disquete ao serem transferidos para a placa-mãe, sobretudo quando você está usando um velho PC.

"Já fiz cinco ligações e nada, tá de plantão amanhã? sempre é assim com o ministro da Justiça, ele não responde, só se o Ancelmo ligar, tô com uma cólica hoje, parece que foi um vexame ninguém foi, um cara, me enchendo o saco, aquela ruiva do caderno de TV, aquela, comeu, não comeu, um passaralho 15 demitidos, capaz de cair um toró."

Estou me sentindo um jiló, mas a rápida equalização com o mundo real foi feita com relativo sucesso e posso caminhar até o aquário, onde pretendo me encastelar pelo resto do dia e das três malditas colunas. Urgente fazer a combinação mágica: um ansiolítico, um antialérgico e o antiácido. Quando acontece assim, tensão galopante, bolo no estômago seguido de vômito e o vislumbre da coceira nos braços, só o triplo coquetel pra segurar a onda.

Pedirei à Zeca que me consiga os remédios, já, ela foi orientada pessoalmente, logo na contratação, para que anotasse as farmácias amigas da casa, onde poderíamos recorrer nas emergências, mais rotineiras do que ela certamente esperava. Zeca é hábil para despistar assessores de imprensa mas ainda não desenvolveu a necessária vocação para driblar drogarias.

Fui boa nisso, e a vibração daquela era longínqua me assalta como um solo de bateria nas tripas. Estou desgovernada, misteriosamente vulnerável ao passado, logo eu que sempre desprezei qualquer tipo de banzo, principalmente em locais de trabalho. Vamos lá mulher, uma coluna já está quase fechada, só falta a nota principal, capricha nas peruas, detona as poderosas com requintes de crueldade, afinal elas são víboras autênticas, fofoqueiras do mal, como é que puderam fazer isso com ele. Esse tipo de gente não merece misericórdia mas no fundo, hoje é o dia do abismo, alguma coisa martela sem parar, como um ícone indesejável que te faz perguntas idiotas na tela do computador, você tem certeza de que quer salvar as mudanças feitas neste documento?, bem, talvez gostasse de apagar traições similares que cometi em priscas eras.

Tem sempre algum momento em que você precisa dizer não, e isso devo alegar a meu favor, aconteceu, foi inescapável. O grande show fora marcado, enfim o lindo poético-musical, certamente muito rock e nenhuma literatura, uma sexta-feira em Búzios, glória total, dois meses de ensaio e saltei fora, minutos antes, foi assim mesmo, distrato sem aviso prévio e consideração, tinha recebido uma puta proposta, agenciar uma banda de peso, adorava as Pantímicas e tal mas senti que chegara minha vez, sair de casa largar o pai, assumi olho no olho, acho horrível viver aqui com você, o que se pode fazer quando acontece?, a promessa da fama, troca de time, e a possibilidade de não ser mais que nem ele: duro, crédulo e preto.

Então foi assim que me tornei igual às mais odiosas empresárias da cidade, exatamente assim, quando fiz a opção preferencial pelos ricos, era destemida e não sentia qualquer culpa, isso é coisa de caipira, ter culpa, se arrepender. No mundo hipermoderno ninguém pede desculpa, até o mais doce cantor sabe disso, poder é nunca ter que pedir perdão e a gente só está repetindo o bom e velho Maquiavel.

Foi o momento de virada e o pior é que agora, mais que um déjá-vu, a lembrança alcança patamares extra-sensoriais, baixou um santo e a lufada do frescor pantímico me colore a face. Mexo o computador em vários ângulos até perceber se a tela reflete o espírito, louca sempre fui mas nesta sexta atômica os limites estão sendo ultrapassados na direção contrária, a doidice inverteu a orientação fundamental de tocar pra frente, você é linda e não olha pra trás.

Zeca aparece com os três pacotes, valium pra variar, e enquanto tomo os comprimidos, um de cada cor, desfilo o olhar pelos jornalistas ensandecidos, são cinco da tarde e a redação entra no ápice do auge, todo mundo atrasado com suas matérias, faz parte da nossa natureza, animais incapazes de trabalhar sem pressão, a bicha que edita o caderno de TV se contorce na cadeira, está quase na hora dela descer pra comprar cigarro e frutas. Odeio meu olhar de simpatia praquela coca-cola que é fanta e ainda precisa de frutinhas pra beliscar no fechamento. De onde vem essa melancolia exótica, essa ternura súbita e absolutamente delirante?

Mergulho na leitura das bulas à procura de respostas para os fenômenos da tarde equívoca, as vísceras emitem mensagens contraditórias, um ir-e-vir, deu pau no computador, o que você fez ontem, caralho, a vaga lembrança de chegar no estacionamento do prédio, não estava bêbada, acho que não, e ninguém me acompanhava, isso com certeza, tava sozinha e peguei o elevador de serviço, outros eventos adversos como distúrbios gastrintestinais ou reações cutâneas têm sido relatados ocasionalmente, isso acalma de certa forma, está escrito, bulas consolam, explicam, confortam, depressões preexistentes podem ser aguçadas com o uso de benzodiazepínicos e efeitos amnestéticos podem estar associados a comportamentos inadequados, ver precauções.

—Thereza.

O editor-chefe faz sua ronda de fim de tarde na redação e agora se encosta levemente na porta do aquário, é homem discreto, alto, uma palmeira triste, e sorri sem abrir os lábios.

— Só para confirmar o jantar de hoje à noite.

Que jantar de hoje à noite? Não perguntei mas ele ouviu.

— Na casa do embaixador. Afinal vamos ser só 12, três jornalistas, o ministro da Cultura está vindo de Brasília.

— Só saio daqui, com sorte, depois das onze.

— O Chico ligou confirmando.

— Farei tudo pra ir. Naquele casarão da Glória?

—Thereza, recomendaria expressamente sua presença.

Sorriu breve e altivo antes de continuar seu passeio, mas ele não faz idéia, e eu menos ainda, da torrente obscura que entra em ebulição pelas veias, e de forma vertiginosa, são golpes inexplicáveis dos quais preciso me defender ou a eles, inexoravelmente, me render.

Sozinha no aquário, aliás bem amplo para os padrões locais, reino com insolência, foi assim que aprendi a sobreviver, e com futricas, quase sempre mentirosas ou de difícil averiguação. O toró começa a cair e me arrepio de medo, de ficar igual à musa das 17 plásticas, assim pra sempre, arrogante e com medo de envelhecer, ficar como as empresárias, engolindo sangue de galinha, solitária, metida a besta, e como treinei pra ficar bem metida a besta, mas bem mesmo, cínica, é uma questão de prática, que nem aprender a andar afastando o ombro dos ouvidos, é fundamental não fazer parte, como ensinou Beatriz, a mulher elegante não se mistura, ser petulante faz parte do código, afinal você não é mesmo igual, não é igual a essa gente de quinta, a esse pessoal que sua, ganha pouco e ainda por cima anda de ônibus.

Mirela, a assistente mais pragmática e descaradamente louca por celebridades, entra no aquário.

— Podemos abrir na coluna de domingo que Karina Boaventura está com um novo amor?

Dormi sozinha, é isso, não trepei, isso não, realmente posso ter saído à procura de drogas, ou de algum antigo amor, o Bê?, fumar fumei e muito, o que é tão bom fazer sozinha, no balcão de um bar, vai ver que foi apenas uma noite como qualquer outra e você aqui nessa angústia ancestral.

— Posso cobrir?

A voz e volto.

— Mandaram quatro convites pra estréia, hoje no Canecão, vai tooodo mundo, tout Rio, você não quer ir?, e o Bruno Stein te ligou, segunda vez essa tarde.

A cabeça parece não mais explodir, o valium cumpre exemplarmente seu papel de estabilizante do sistema nervoso autônomo, e não induz ao sono porque desde menina manifestei tendências paradoxais, quando roubava os remédios do pai pra dormir aí que ficava acordada, vai ver que foi isso, o midazolam de ontem à noite, era para apagar e eu, aparentemente, vesti uma camisa listrada e saí por aí, ainda por cima com o sapato roxo que não usava desde quando?, meu deus, a ficha caiu, precisa como se clicasse no documento-mestre, morte, mãe, 10 de agosto de 1997.

Chovia e tinha muita gente, foi um enterro concorrido o da atriz, Bruno Stein de novo não, quem sabe sim?, talvez possa me salvar da memória daquele agosto, o cheiro das rosas brancas, uma mosca na testa da mãe, eu a metade filha, e onde estaria o pai, como o procurei entre todos os homens, tanto, até o identificar no final do cortejo, como o cabelo já tava tão grisalho, e os olhos úmidos. Não olhava pra ninguém e parecia silenciosamente entoar seus mantras, ou talvez as mandingas, aquelas que escutava desde menina, ele e o tio Sidrônio cantando no quintal. Consegui chegar pertinho e minha mão o tocou, e nos demos um abraço, Bruno está na linha, você disse que estava em outra ligação, vai atender? Fazia tanto tempo, entre nós sempre foi assim, depois que tudo deixei pra trás, fazia sempre tanto tempo. Era preguiça, era medo, e também uma enorme vergonha.

— Oi, Bruno.

— E aí, minha linda, como é que vai?

— Melhor que nunca.

— Amanhã vou pro Rio.

O temporal aumenta lá fora e as vidraças da redação emitem fagulhas, ou agora também estou vendo coisas, raios, trovões, o terno azul-marinho do pai era tão bem cortado e começou a ficar pontilhado por gotas de chuva, senti o seu corpo pelo toque no tecido umedecido, estava mais magro, e fazia tanto tempo.

— ... e então, topas?

— Não vai dar.

— Porra, mas você sempre disse que queria conhecer a fazenda da filha do presidente!

— Acho que vai ter que ficar pra próxima.

— Meu anjo, você não tá entendendo. Um puta almoço. Só com quem interessa. Não é esse tipo de celebridadezinha que você conhece não, minha nega. Gente com poder. Gente com grana de verdade.

— Posso te retornar amanhã?

Claro que sim, e se não retornasse também, como envaidecido insinuou, que não me preocupasse, falaríamos depois. Funciona assim com Bruno Stein, o economista que sabe de tudo, que metralha todos, o banqueiro hype que se acha o tal, como diria o pai, se alguém lhe perguntasse. Em algum motel onde tentamos desesperadamente nos iludir, ele confidenciou sou famosérrimo, o que jamais seria uma revelação, dada a brutalidade de sua fama, mas uma inesperada confissão do orgulho que sentia, sussurrada entre paredes anônimas e num contexto íntimo do qual, na verdade, nunca desfrutamos plenamente. Um dos mais brilhantes analistas do nosso caos, antena das mais sutis flutuações financeiras do país e do mundo, pois na cabeça é que guarda o falo. Com o pau infelizmente deixa a desejar.

Um homem como Bruno Stein é o amante que toda menina provinciana sonha ter, e infelizmente no que tange a fantasias amorosas nunca fui paradoxal, era o homem poderoso que almejava quando saí de casa e rompi com o outro lado do muro, sujeitos desse tipo teriam feito vibrar o coração da mãe, se configuravam como um anti-pai prototípico e ainda transpiravam glamour, qualidade intangível que a atriz emitia pelas ondas magnéticas da TV.

Por Bruno senti desejo, imenso, fiz o que não devia. O que deseja uma mulher nem Freud respondeu precisamente, mas não tinha dúvidas, a menor, tudo pulsava era quente, peitos e lábios. Foi um golpe decisivo me dar conta, e admito, só recentemente, que a cama nem sempre incorpora o calor da fama – e aqui não se inclui apenas o pau, com toda a importância que a ele deve ser dada, mas também a capacidade de se tornar amorosamente íntimo, cúmplice, o que parece condição extrínseca ao domínio das celebridades que inventamos, e a quem incondicionalmente servimos.

Passa das oito quando fecho a coluna de domingo, pensar em uma coisa e escrever outra também deve ser contrapartida da bipolaridade, essa doença da moda que adquiri em festas e vernissages eufóricas, onde todos se confessam voláteis, volúveis, à espera da depressão do dia seguinte, atormentados por desejos contrários, temperamento forte e bruscas mudanças de opinião. Além de provavelmente navegar na faixa bipolar, e depois das turbulências vespertinas estar atravessando agora uma quietude apaziguadora, a esta hora da noite meu coquetel esperto entra em velocidade de cruzeiro – todo o sistema periférico parece ter absorvido os comprimidos, varrendo temporariamente a angústia pra lixeira guardada em algum diretório cerebral.

Trabalhar muito também pode ser uma forma de endoidecer, e na busca vertiginosa por notícias para fechar a última coluna me socorro, silenciando o que volta e meia inquieta as vísceras, onde fui, com quem estive, como pode essa porra de amnésia anterógrada durar tanto tempo, foi mais ou menos a esta hora que saí ontem à noite depois dos 15 miligramas do midazolam, hoje a redação ainda trepida às nove e pouco, Mirela se prepara para zarpar rumo ao Canecão e me decido, finalmente, como um raio de curvatura inesperada, pela solução-tampão.

Por que diabo mergulhar no enigma? Por que ceder à tentação da mente, eu que sempre soube domá-la com destreza moral e apuro químico? Por que se deixar colher pelo mistério da noite e das imagens que assaltam, sem piedade, esse dia insano? Não é absolutamente justo, não faz sentido.

Devia estar mesmo louca ao declinar do encontro fechado na casa do embaixador, ah pirei mesmo, pirei legal. Quantos na redação me invejariam verde e copiosamente depois que soubessem? Só três jornalistas, eu entre eles, é claro que preciso terminar urgentemente esta merda de coluna e ir pra casa, telefonar pro Marquinho, vem correndo ajudar no cabelo, quero ficar linda de morrer, vestir azul, pancake da Mac, sombra Dior, os brincos, a minha chance de usar os brincos!, pingentes de diamante pagos em três prestações que aguardam a grande estréia, é hoje, mas lógico que sim, sandálias Prada, blush Chanel e batom cereja.

Levanto quase marchando em direção ao banheiro, como é bom decidir, tomar partido, dizer sim. Penso em ligar pro Bruno e garantir um programaço para o sábado, mas logo admito, é um exagero, a fazenda da filha do presidente fica certamente pra depois, preciso me concentrar na noite que já começa a cintilar, o pé-d'água está passando, e não vai ser um temporal de verão o monstro capaz de me drenar para o subterrâneo das perguntas sem resposta.

O jorro mental de adrenalina não se reflete no rosto, pelo menos por enquanto, tenha calma mulher. Não, não posso conter, me assusto com o que vejo no espelho, imagem apenas um traço melhor daquela que encarei depois da reunião de pauta, e já se passaram o quê?, pelo menos cinco horas de trabalho intenso, foi exata a equação de comprimidos mas talvez, é preciso reconhecer, toda aquela onda de sensações poderia desfigurar qualquer face. Como devo estar por dentro não é hora nem lugar pra saber, que diabo, o espelho exerce este poder de sumidouro, você olha e se esvai pela janela da alma, seus olhos negros.

Lavo a memória do rosto, agora não, talvez precise tomar mais um estabilizante para o humor, vou me conectar com São João Manuel, hoje não posso ter outro treco, nem pensar, daqui a pouco vira moda, hoje vou dar um jeito e ficar linda, uma mulher consegue fazer isso, sair do fundo do abismo voando para uma festa, basta uma escala rápida para banho, troca de roupa e maquiagem.

A Moniquinha entra pra limpar a pia, está de cabelo rastafári e trocamos um sorriso cálido, ela parece não entender bem minha delicadeza, aliás tampouco entendo eu, este afeto solto só pode ser efeito colateral do apagão de ontem à noite, ou da minha incurável distimia.

Volto à mesa um pouco menos exultante do que gostaria, mas animação, aqui pra nós, é dilema que até adolescente resolve fácil, se faltar a gente inventa e qualquer coisa tomo em casa uma dose de anfetaminas, o sono some e a euforia acorda, numa homenagem aos bons e velhos tempos. Nessa hipótese me protejo enquanto Dinho, a bicha do caderno de TV, entra no aquário com uma caixa de frutas, como se fosse natural, ninguém entra assim no aquário, sem antes pedir uma espécie de licença, ele vem sorrindo e inexplicavelmente também abro um sorriso, como parece bem-vinda a figura do gay gorducho, segurando a caixinha de ripas de madeira.

— Quer?

Acho que nunca o vi de tão perto, as bochechas curiosas e os dentes trepados, imagino que ele deve gostar muito de trepar, sorrimos de novo até que me dirijo às frutas, uma maçã vermelha, a pêra bojuda e três goiabas. Nem pestanejar. Escolho a intermediária, entre a mais verde e a madura, uma goiaba fresca, levemente rugosa, que colho da seda branca amassadinha no fundo da caixa.

— Puxa. Obrigada. Adorei.

Dinho sai rebolante e certamente encantado com a profusão de agradecimentos e sorrisos, eu que adoro ser a malvada da redação, a de pouca conversa com os subalternos e muita cumplicidade com os que realmente colocam aquela porra pra funcionar. Alguma coisa está fora da ordem e não dá pra saber onde colocar a compaixão repentina, o medo e um estranho desconforto por ocupar meu próprio lugar, naquele instante da noite. Acaricio a goiaba durante um tempo, de olhos bem fechados, era assim que a gente fazia, eu e o pai, no jogo de adivinha no quintal.

Araçá-mirim, pinha-de-grãos, araçauaçu, araçá-guaçu, goiaba-de-espinho, goiaba-do-mato, goiaba-de-anta, goiaba-preta, ele sabia de muitos nomes para a fruta que arrancavámos do pé e devoravámos no final do almoço. A goiabeira misturava dois tipos, a de polpa vermelha e a branca, e a gente apostava, só sentindo a textura e o cheiro, quem iria descobrir a cor da goiaba por dentro.

Os neurônios se ramificam até a ponta do nariz, é o que dizem, talvez por isso o passado do cheiro invada tudo de repente, direto para a escuridão do cérebro, sem intermediários. Fico encharcada pelo cheiro doce da goiaba, é a vermelha, minha preferida, e tem o gosto dos almoços debaixo da árvore quando o pai levava a mesa pro quintal, e assim se passava a tarde, e foi com ele que estive ontem à noite, foi isso, ontem morri de saudade, ontem pensei em morrer ou dormir até bem tarde, mas saí daqui passei em casa e coloquei o sapato roxo, que roxo é a cor preferida do pai, o roxo forte da ametista, corri para esperá-lo na saída do trabalho, ainda dava tempo e deu, pelo menos pra um abraço eu disse, ele quase chorou mas há alguns anos aprendeu a ser duro na queda, fazia sempre tanto tempo que ele aprendeu, me abraçou e também confessou saudade, mas falou que precisava ir, não tinha tempo pra jantar não, estava marcado o ensaio pro show, tio Sidrônio e o Jair, não tava lembrada?, pois tinham formado mesmo o grupo, precisava ir correndo, a um ensaio não se falta, pai faz tanto tempo, mas amanhã é o nosso dia de tocar, samba-choro e samba-raiado, preciso pegar a van que tá saindo eles tão me esperando, vamos combinar, também sinto tanta falta de você.

Os dedos e a palma da mão ainda estão salpicados da polpa, avermelhados, duas sementes, e esse vazio, gigante como as ondas, a gente aplaca com quê? Calculo uma série complexa de remédios para uma medicação de urgência, provavelmente o mais sofisticado dos coquetéis que um anestesista seria capaz de preparar. Quase dez da noite. Hora de encerrar o expediente. Ir pra casa, qual era mesmo o plano?, ah, vestido azul batom cereja. Zeca e Luluta, as que não foram pro Canecão mas ainda pensam seriamente na possibilidade, afinal uma mesa na fila do gargarejo, o Rio inteiro estava lá e as duas plantadas na minha frente:

— Falta muito pra gente fechar?

— Pouco, falta pouco.

A dupla se empertiga à espera de resposta mais precisa, mas então decido me levantar e pegar a bolsa atrás da cadeira.

— Luluta, você tem toda a capacidade do mundo pra assumir a coluna e fechar rapidinho a página de segunda, na dúvida use fotos, muitas fotos, aproveita pra descarregar a gaveta das notas encomendadas, procura que encontra alguém entrando em estúdio pra gravar um novo disco, isso tem toda semana, vê também se vai rolar um lançamento de livro assim mais engraçado, com poetas, ou atores lendo trechos dos autores amigos, e pronto: encerre a corrida e vá pro Canecão.

Tiro o time antes que Luluta resolva tirar suas dúvidas, ela tem sempre muitas dúvidas, que pelo menos uma vez na vida se sinta com poder pra enfrentar suas próprias decisões, que a minha já está tomada. Desço até o bar da esquina, peço um maço de marlboro e três latinhas de redbull, três não, quatro. Geladas que são pra tomar agora. Sigo pro estacionamento com a sacolinha plástica e o coração em acelerada carreira. Abro o porta-malas onde guardo, e isso há séculos, uma caixa esverdeada com minha belíssima coleção de cds, todos que nunca ouço a caminho do trabalho.

Jogo a sacola e uma pilha de cds no banco do lado, vamos começar com quê? The Doors, que a noite é uma criança e foi Jim Morrison quem amei, sobre todas as coisas, quando era tola e jovem, e sonhava com o ardor do sexo associado a uma poderosa mensagem-rock. Portas fechadas, volume no máximo e uma explosão de coragem, será que vou morrer na estrada?

Pois é uma estrada que quero pegar, em alta velocidade, é preciso chegar a tempo. Passo rapidamente das linhas vermelhas para as amarelas, disparando para a rodovia principal, com suas pistas ainda molhadas do temporal que devastou a tarde. Para dirigir à noite você precisa ter todos os dispositivos ligados, e sem os comprimidos adequados talvez venha a falhar, mas programei corpo e mente para pulsar conforme a música, e ao contrário, em simbiose contínua, uma transfusão de Rolling Stones como substância psicoativa e de altíssimo poder de combustão.

Quero vencer a estrada e alcançar um lugar remoto, mas como todo gesto comporta conseqüências imprevisíveis e a decisão de ir não implica chegar, ou pelo menos atingir o alvo preciso, porque talvez exatamente o coração do lugar esteja indisponível, como o celular fora do perímetro urbano, então eu corro atrás, dos faróis vermelhos e dos sinais luminosos.

Nunca mais pensei que tomaria esta estrada, mas sempre e nunca não é coisa que se diga, não essa noite, quando parece imprescindível buscar, furiosamente, a circularidade do tempo. O pensamento não está organizado como parece, mas cérebro e vísceras se concentram nesta tarefa, o que é bastante raro acontecer, a mesma mensagem enviada simultaneamente para todos os receptores internos, e até agora não parece haver risco de curtos-circuitos simbólicos, a missão é clara e simples: aproximar-se do futuro pela linha que conduz ao passado, seguir em frente para voltar atrás.

Vou em direção a ele antes que esta noite acabe, corro até a matriz do meu olhar, amêndoa, jabuticaba, fruta em botão. Corro atrás do que a vida ainda não matou e o poder não dissolveu, como os comprimidos na língua e a saudade do pai: sólido, nobre e negro. Corro em direção à herança que não assumi, ao perdão e à vingança, porque ao pai é preciso me converter, eu e essa eterna síndrome das pernas inquietas e da boca ardente.

DONDON EXPERIÊNCIA

Pedro Bial

Decano! Na ponta esquerda! Como em 72... lançado de chofre no time titular no dia da final, surpreendendo torcida, crônica esportiva, adversários e o próprio Decano, jogador conformado ao banco de reservas, contente com o salariozinho incerto no interminável ocaso de uma carreira excepcionalmente longa. Certa feita, o locutor encontrou uma pérola de definição para a longevidade de Decano: "crepúsculo sem fim, qual pôr do sol escandinavo...".

Pois agora, enquanto Decano e eu morremos mais um pouco, neste momento final, em que o mundo volta os olhos para nós, e 1972 parece uma data tão remota quanto o início dos tempos — dez minutos antes do primeiro flaflu —, o técnico resolveu mexer no time e lançar mão, em sua escalação, de velhos nomes do passado, como se não existisse passado.

E, de fato, em futebol de botão, a carreira de um atleta pode durar décadas, gerações! Conheço — vi jogar, ninguém me contou... — craques com mais de oitenta anos de atividade — além de eventuais vidas pregressas como botão de casaco, tampa de relógio, fichinha de ônibus, fruta ou fêmur... A formação de um botão profissional transcende reinos da natureza, podendo ter origem vegetal, mineral ou animal.

Apogeu da longa evolução de um determinado tipo de jogo entre o tabuleiro e o campo – isto hoje nenhum historiador discute, mesmo os que pregam o evangelho da sinuca —, o futebol de botão nasceu sem botão, na ponta dos dedos que se queriam pernas, a quebrar unhas em seixos, aos petelecos. Até hoje, uma questão permanece controversa: teria o futebol de botão nascido como simulacro, representação? O que veio antes, o futebol ou o botão?

Para os profissionais da arte botonista, tais discussões são não apenas inúteis como carecem de fundamentação e registros confiáveis. Dentro de um mínimo rigor histórico, há de se convir que os nossos "records", toda a documentação e dados fidedignos não são mais antigos que o século XX. Ontem...

Não, para um botonista maior que a vida como eu, não existe passado, presente ou futuro, somente ecos de nomes que mesmerizam multidões e pisam as uvas do triunfo áptero.

Quem chama futebol de botão de "futebol de mesa" pretende com isso investir de suposta nobreza a atividade, esquecendo que o botão, para além de fidalgo, é transcendente, a mais total das experiências desportivas. O "futebol de mesa" pretende ser atividade social, compartilhada entre aficionados, neófitos e curiosos. Jogar botão é vivência cármica, íntima e intraduzível, pessoal e intransferível, registro biográfico em signos coloridos da memória vacilante — em melhores palavras: a história da carreira de cada botonista é a história de sua vida. Valho-me agora de minha longa e vitoriosa trajetória sobre a mesa verde para contar-vos a linha torta e magoada de tal vida.

Se hoje vos fala um velho seqüelado meio coxo, trêmulo de mal disfarçado medo diante do mundo, olho esquerdo de vidro, e se, para minha sobrevivência material, escolhi a profissão que hoje exerço, isto é devido a meu imemorial pavor de gente: só suporto seres inanimados — sou anestesista.

Seres inanimados... Como se os botões o fossem... Estes são responsáveis por minha sobrevivência espiritual.

Quando falo do botão como experiência total, devo explicar aos senhores – e senhoras por acaso presentes a este depoimento azedo de um finalista do campeonato que termina esta noite —, devo explicar que, no grande elenco de uma partida de botão, cada jogador é tudo. O homem com a palheta na mão é o atleta, o juiz, bandeirinha e massagista, o técnico, médico e toda a comissão, dirigentes e autoridades presentes, a torcida uivante, locutor e comentarista, repórter e telespectador, craque ou perna-de-pau, glorioso e humilhado.

Comecei a jogar sozinho, escondido, usando os botões com que meu irmão mais velho derrotava toda a rua. Desde idade muito tenra, jogar botão para mim foi atividade solitária. Até hoje é, mesmo diante de um adversário, digamos assim, real... Quando começa o jogo, desligo-me desta dimensão e passo a estar presente em todos os vãos e desvãos do ambiente, qual fantasma irrequieto, ator de todos os papéis.

Meu irmão foi compreensivo ao pilhar-me usando suas peças de magia às ocultas. Sapecou-me um cascudo para, em compensação, regalar-me com os reservas de seu quarto time, minha primeira formação: no gol, Vick; compondo o 4-2-4, Colubiasol, Rícino, Lactopurga e Genciano na defesa; no meio-campo, Eno e Optrex; Melhoral, Glicerina, Magnésia e Cafiaspirina...

A generosidade do irmão mais velho tinha um limite claro. Eu havia jurado, em cerimônia solene sob a mesa, não usar nomes de jogadores de futebol de verdade, prerrogativa negada a pirralhos que mal estavam aprendendo a ler. Graças a este tabu, uniram-se para sempre os dois extremos de minha escatologia secreta — os botões e as drogas.

Diante das vitrines e prateleiras da drogaria, aprendi a ler, destrinchando nomes sem significado, amontoados de sílabas que me hipnotizavam e me faziam crer ser o mundo um lugar onde a gente inventava as palavras para poder dizer.

Lembro do quase invisível objeto redondo, preto com o número 10 em branco, jogado no asfalto da sarjeta em frente à farmácia. Por certo tratava-se de um ex-Pelé caído em desgraça, vítima de assassinato pelas mãos de seu proprietário, inconformado por alguma derrota.

Para mim, ele não foi Pelé sequer um segundo. 10, dez, de, ca — juntando sílabas acreditei estar criando uma palavra nova — de... ca... lo, de, co, lo, De-ca-no!

Anos mais tarde, descobri que alguém já tinha inventado a palavra, e seu significado. Para vocês verem como Decano é velho...

E assim fui construindo minha fortaleza e império, cova e calvário, com nomes inventados e reinventados e todo o imenso catálogo de minha outra paixão: remédios e drogas, lícitas ou ilícitas.

Aos dez anos, meu time conservava infantilidade, mas já prenunciava os tempos que ora se inauguravam. Quando a primeira caixa de anticoncepcionais caiu da bolsa de minha irmã beatlemaníaca, o Piauí ganhou um novo nome na zaga central. Explico-me: minha equipe se chamava Piauí, não por causa do estado da federação e sim em homenagem à mais famosa farmácia do bairro, e o novo zagueiro era Evanor.

A dupla de área garantiu a defesa durante décadas: Evanor e Noraclicina. Dois atletas altos e fortes, um de galalite, outro bem velho de selatex, nomes sonoros que se impunham em campo, defensores que sabiam atacar e fazer gols.

Em minha breve passagem pelo futebol "de verdade", zagueiro que nunca passou de promessa, aprendi no ambiente miticamente saudável do vestiário o primeiro uso transgressor de um remédio: o tuíííímm nos ouvidos, a temporária e violenta alteração dos sentidos — alguns desmaiavam — depois de meter o nariz na toalha encharcada de Kelene, revelação de meio-campista um tanto errático, que não permaneceu no time titular. Para os mais jovens: Kelene era uma espécie de Gelol da época, que devia conter um bocado de éter em sua fórmula...

No esforço de ater-me a certo rigor factual, devo recordar que o primeiro comprimido lícito, que usei em quantidade abusiva, foi um remédio para dor de cabeça, popular na época, o Optalidon. Passei mal várias vezes, vomitava as tripas mas insistia nas overdoses com Dondon.

Ponta-direita veloz, ruim nas finalizações porém rápido nas arrancadas e preciso nos cruzamentos, Dondon logo ganhou um apelido da torcida: Dondon Experiência!

Eu queria responder enfaticamente à pergunta que Jimi Hendrix me fazia na capa do disco. "Are you experienced?", "Yeah!", gritava eu, entre um engulho e uma golfada de vômito.

Experimentava e abusava de tudo o que me caía às mãos: Ambenyl e Romylar chegaram a formar uma estável parelha no meio-campo. Xaropes que continham opiáceos, deglutia-os aos frascos, nauseado a princípio, alucinado em seguida. Ninyl e Romy eram vidrilhas, grandes, antigos prestadores de serviço em caquéticos relógios "cebolões", cheios de categoria no toque, porém dados a firulas excessivas e quase nulos na função defensiva.

Leno sim, foi um centroavante inesquecível, artilheiro de inúmeros torneios e campeonatos, que aliás confirmo agora na escalação desta noite, para a decisão do título mundial.

O atacante vermelho amarelo e azul, oriundo do Madureira, vem lá do passado de paz e amor, porrada e ditadura, para nos lembrar aquela época em que qualquer maneira de ficar doidão valia a pena.

Leno nasceu das experiências com Tetracloretileno, uma cápsula de plástico — medicamento de uso veterinário, segundo a lenda — que se espremia dentro de um lenço, para se aspirar fundo em seguida, numa prise espetacular.

No cinema Rian, assistindo a "Gimme Shelter", devo ao velho Tetracloretileno a primeira ocasião em que esqueci meu nome. Lembrei, no fim da sessão...

Corria cada vez mais riscos nas aventuras como cobaia de minha própria imaginação doentia, estabeleci um duelo tresloucado entre mim e a morte. Uma esgrima perigosa em que me punha à prova, sempre chutando os limites e sendo chutado de volta na cara, no meio da testa. Para aquele menino que fui, a única maneira que encontrava de justificar uma estúpida existência era tornando-me um herói às portas da percepção.

Paradoxalmente, só o botão, meu instrumento de elevação espiritual, me prendia à vida material, esta arena das aflições humanas...

Tantan pouco durou no time, mas marcou minha primeira internação. Tantan era o apelido do Artane, o popular "ácido baiano", um remédio para epilépticos facilmente negociável nas farmácias e que tomado abusivamente proporcionava tétricas viagens paralisérgicas, que não raro culminavam em morte ou hospício. Presumo que tenha sido privilegiado pela segunda opção, já que estou aqui a lhes contar a história.

História que teve uma virada decisiva pouco depois de minha liberação do asilo de lunáticos. Ah, da temporada no manicômio trouxe um volante pesado, viril, Amplictil.

Jererê na ponta-esquerda foi responsável pela virada. Jogador solidário e sereno, boa-pinta, esculpido em coco, leve mas resistente, toques cheios de criatividade, Jererê marcou meu encontro com gente que não imaginava existir — semelhantes.

Formávamos uma turma de adolescentes pactuada na inconseqüência do risco sem cálculo, na vontade secreta de imolação em nome da aventura sensorial. Unidos também, é claro, pela prática ritual do botonismo.

É verdade que houve um período em que até a mesa e os botões foram abandonados. A última lembrança dessa primeira fase da minha vida e carreira, significativamente, foi a contratação de um goleiro chamado Brizola.

Nós, a garotada, rapidamente perdemos o controle sobre duelos e esgrimas nos píncaros da percepção e caímos na marginalidade. Logo nos tornamos um grupo de delinqüentes juvenis, primeiramente especializados no roubo de moto-rádios dos automóveis estacionados no bairro das Laranjeiras, depois ladrões dos próprios carros. Vínhamos de toda a cidade, mas éramos conhecidos como a "turma da GalGli", a rapaziada da rua General Glicério.

Poucos sobreviveram. Alguns tornaram-se bandidos maduros, o maior número morreu morrido ou matado. Mais uma vez, o botão me salvou.

Assim como escalar Brizola no gol levou-me ao crime, o uso da cocaína trouxe a contratação de um craque mágico, hipnótico... Mandrake, apoiador genial, capaz de proezas como trazer doçura artificial àquele jovem perdido no labirinto de seu ódio. Eu era o Lothar daquele Mandrake!

Caminhando pelas ruas do Rio daquele início de anos 70, esbarrava-se a cada meio quarteirão com grupos de garotos e garotas batendo-se nos muros e caindo de maduros sobre as pedras portuguesas das calçadas — os "mandrakões". Visto sob uma ótica contemporânea, sem levar em conta as circunstâncias históricas, era um espetáculo dantesco, deprimente. Sob olhar clínico, tratava-se apenas dos efeitos do Mandrix, um remédio para dormir, "hipnótico, não-barbitúrico", rezava a bula, tomado em quantidades para não se dormir...

No dia seguinte, ninguém se lembrava de nada. Quantas amigas tive que só descobriram a perda da virgindade depois de acordar e recobrar parte da consciência...

Eu perdi o olho esquerdo, num acidente de automóvel.

Após lenta recuperação, de volta às paradas, ouvia inevitavelmente a mesma acusação repetida mil vezes: "Bateu por causa do Mandrake!" Ao que retrucava: "Não foi o Mandrake, foi a caixa do Mandrix que caiu, eu me abaixei para pegar e o poste apareceu no meio do caminho..."

No período em que fiquei preso ao leito e à dor física, descobri a morfina. Smack seria outro jogador de vida fugaz no competitivo circuito do futebol de botão.

Acho que com ele, Smack, beque amarelo feito de um moderno tipo de resina, aprendi que não queria morrer.

Hoje, lembro sem amargura de tempos tão desesperados. Meu olho de vidro causa mais desconforto a meus interlocutores do que a mim mesmo.

Poderia passar esta tarde descrevendo à seleta audiência de botonófilos, jornalistas e cientistas uma história parecida com tantas outras histórias, que neste mesmo momento estão cumprindo seu fado, de crianças abandonadas ao flagelo das drogas, de jovens nas garras do desconsolo procurando no suicídio uma explicação.

Não, tenho que me preparar para a finalíssima da Copa do Mundo de Futebol de Botão, daqui a pouco, quando espero levar a bandeira brasileira ao ponto mais alto do pódio. Se, como profissional, refugiei-me na função de conceder anestesia aos outros, como artista do botão sonho em despertar a imaginação mais alegre de próximos ou distantes.

Hoje sei que, como toda paixão, o botão liberta e também aprisiona para sempre. E sei também que se as drogas quase abreviaram a vida deste pouco modesto técnico do Piauí, são as drogas que o mantêm vivo, agora receitadas pelo psiquiatra.

Por isso, entre os 11 que começam o jogo logo mais, os nomes de antidepressivos, ansiolíticos e soníferos despontam como faíscas de gratidão. Efexor, Stillnox, Lexotan, e Rivotril. Grande Rivotril!

No gol, de volta, exalando um perfume imaginário de cânfora, Vick — caixa de fósforo marca Olho, recheada de chumbo da gráfica da Divina Providência, envolta em esparadrapo Johnson velho de cinqüenta anos, uma criança.

O futuro nunca trará aquilo que mais tememos, contentem-se em imaginar. As coisas estão aí para melhorar e mudar.

E, a propósito, a partir desta data, o Piauí muda de nome. Anotem, senhoras e senhores: esta noite entra em campo o Tarja Preta Futebol Clube. Quanto a mim, podem continuar usando o apelido que apreciam e do qual me orgulho, Dondon Experiência.

Com sua licença, meu 3-4-3: Vick, Dipirona, Evanor e Noraclicina. Efexor, Rivotril, Aspirina, e Jererê, como ala esquerdo, voltando para marcar. Três atacantes: Leno, Floral e Decano.

É, Floral sim, o que é que tá olhando?

O QUINTO ELEMENTO
[A história privada de uma mulher pública]
Márcia Denser

I

Na minha fenomenologia as anfetaminas são o quinto elemento, e como não se fica *pensando* no ar que se respira, nem na água ou na luz, nunca penso nelas, uma vez que a ingestão diária (mínima) de 100 mm é inevitável como o sol nascer todas as manhãs. Mas nem sempre foi assim. Durante meus primeiros vinte anos de vida elas simplesmente não existiam, portanto não são como o universo e a eternidade, tiveram um começo.

Aos 20 anos eu namorava um cara muito rico, gordo e careta, careta num sentido de usar umas roupas caretas, falar com sotaque da Moóca, o protótipo do paulistano babaquara de arrepiar, mas que basicamente era um maluco absoluto, alcoólatra e devastador, um sujeito radical enfim, fundamentalista em Cristo, em Camaros vermelhos, em Paris, radical em certa inocência e perversidade básicas (iguais às minhas), e naturalmente em dietas para emagrecer. Foi aí, começou aí.

Porque não existe força de vontade, percebem? William Burroughs (os mais junkies aí *devem* ter lido WB), viciado em heroína, disse precisamente isso: que para o Dr. Dent, de Londres, médico que o curou com apomorfina, força de vontade realmente não existe, você tem que chegar a um estado mental em que não quer ou não precisa da droga que for. O mesmo a respeito da fome, abolida pela anfetamina, um euforizante que além de liquidar a fome te deixa feliz, pleno, esperto, lúcido, maravilha.

Maravilhosamente travados passávamos o dia com meio bife e duas folhas de alface. Engolidos, aliás, com certa dificuldade. Fora isso, estava tudo perfeito, para mim, mas para Alvim — o namorado bem rico, gordo (mas emagrecendo a olhos vistos), maluco e fundamentalista e que era também alcoólatra e devastador desde os 14 anos, as coisas começaram a ficar ligeiramente alteradas uma vez que ele esqueceu de abolir o litro de uísque da dieta, porque as anfetaminas não liquidam a sede, ao contrário, incrementam a boca seca — aliás, a sensação de boca seca é um dos únicos *colateral damages* do bichinho — e infelizmente no caso do Alvim, meio que beirando o letal essa associação de *speed*, uísque e fundamentalismo, isto é, ele ficava letal, perigosíssimo, querendo jogar o Camaro contra *penhascos*, isso quando não me associava a Maria Madalena, incitando apedrejamentos em praias, restaurantes, discotecas, coisas do tipo, havia toda uma liturgia.

Mas aos 23 anos não se acha nada engraçado, a falta de cultura exclui o senso de humor, tende-se para o trágico e fazer drama de tudo (claro que lá no fundo JAMAIS me ocorreria ficar com aquela hecatombe masculina), mas sempre fui uma garota demasiado pragmática, pois havia a questão do aluguel e da faculdade que Alvim me pagava, sem contar as roupas de Courrèges e Paco Rabanne que me trazia de Paris, assim o que eram uns penhascos e uns apedrejamentos a mais ou a menos se era tudo o que eu tinha que engolir, afinal não eram apenas alucinações, isto é, de mentirinha?

Naturalmente, nessa fase das alucinações e do pragmatismo já não havia amor, porque eu apenas era jovem, mas não estúpida, e quanto a Alvim, este sobretudo era rico, o pai era rico, o avô fora rico, etc., várias gerações sem preocupações com a sobrevivência, e isto abria um abismo entre nós. O que me permitia dar o fora sem muitos escrúpulos. Por isso, como o coveiro nos dramas elisabetanos, Alvim cumpriu seu papel introdutório e desapareceu de cena.

Então me pergunto: será assim tão absurdo intentar uma exposição de motivos, inventariar minhas escolhas, descrever como foi se estruturando um desígnio a partir de um dos periféricos de sustentação? (porra, se não é um bom nome para as anfetaminas).

A palavra talvez fosse cristalização para descrever o processo. Porque elas funcionam como catalisadores que interligam os elementos preexistentes, vinculando-se e vinculando-os entre si, promovendo uma síntese única para tornar manifestas nossas luminosas qualidades. Isoladamente, em meio árido, são como notas mudas — nada fazem, nada transformam, não se manifestam, silêncio absoluto. Combinadas, operam maravilhas — ou catástrofes (vide Alvim).

Absolutamente não são mágicas, mas algo em mim as tornava *magnéticas* (algo a ver com o talento inato para a literatura, ressoando ocultamente do passado e já avançando para um hipotético futuro e, desta vez, como um desígnio) e eis que mil nadas existenciais — desses que a gente não lembra e jamais esquece — começaram a *fazer sentido*, saltar sozinhos, alados, vindo, um após o outro, prender-se ao bico imantado da minha bic, em fila interminável e trêmula de significação.

Que fique bem claro: não estou fazendo a apologia de porra nenhuma, até porque anfetaminas é preciso merecê-las. Mas insisto: terá esta química atuado para acelerar a revelação e o reconhecimento público duma vocação e dum desígnio, terá ajudado a liberar as forças do inconsciente para emergirem, colocando-se a serviço duma poética, terá atuado no sentido de forçar as paixões para fora do seu balbuciante elemento nebuloso?

Eu diria que sim, contudo não estava inaugurando nada, se já citei Burroughs, também penso em Edgar Allan Poe (ou no meu filtro para Poe que é Cortázar), cuja recorrência ao láudano, ao ópio, ao álcool justifica-se plenamente num poema como "O Corvo", num conto como "Ligéia", porque escritores precisam soltar a mão, dar nomes aos bois, sem contar que então precisamos sobretudo nos entender em questão de *centros*: se arrancar o olho dum gato é o eixo dum conto de Poe, não significa que o seu sadismo seja suficiente para produzir um conto. Toma-se conhecimento do sadismo pelas crônicas policiais, a partir daquela filmografia de quinta, mas não bastam maus sentimentos (tampouco euforizantes) para produzir boa literatura.

Já sexo não dava ibope — anfetaminas não admitem *relaxamentos* — , de forma que no espírito do "vamos-logo-com-isso", no intervalo, eu perdera a virgindade com um coroa bonitão-brega-básico, desses que se bronzeiam com lâmpada, usam correntes de ouro e te cantam com sotaque carioca só para enfatizar a malandragem, principalmente se são de Araçatuba.

Então vieram os tempos da faculdade, vamos continuar acompanhando as anfetaminas e estas são acima de tudo drogas de poder, o meu número, right, baby? Aos 20 anos eu pensava que meu objetivo existencial seria ter poder sobre os homens, porque ainda não sabia, não havia encontrado (tampouco que estivesse procurando) um projeto de vida, o desígnio por trás das minhas ações e motivações posteriores, sequer que teria algum. Tolamente me concentrava APENAS nos homens (ou seria ao contrário?).

Agora eu tinha uma certa pressa, havia concluído o terceiro grau aos 17 anos, mas entrava na graduação aos 23, sempre a maldita falta de grana e o lobo na porta, a *milímetros* do pescoço.

Como Diana Marini sou meio ruim de cronologia e ordem dos fatos — malgrado tudo se ordene milagrosamente ao fim e ao cabo —, mas vamos dizer que a graduação foi um alto momento sem perdão, em que me envolvi plenamente, profundamente: lá eu namorava, descobria o mundo, competia, ME inventava, estudava disciplinas tão prescindíveis quanto irrelevantes (do ponto de vista duma garota de 23 anos que precisasse trabalhar para sobreviver, notadamente pelo ângulo brasileiro da vida) como Semiologia via Roland Barthes e Saussure ou Estética I, II e III; lá pintaram pessoas como o grande D, Alexandre, Horácio Kutuzov, um carinha chamado Benjamin e, já fora do ninho, no início do crime e da vida literária, Xavier, meu guia irretocável ainda que sorocabano.

Cinco anos, puxa vida, dos 17 aos 23 eu amargara num escritório abafado, lutando numa máquina de escrever que parecia o mix duma chaleira com a Medusa. Estudei sozinha para o vestibular e entrei num dos primeiros lugares em Arquitetura e Urbanismo no Mackenzie. Não me perguntem como, levaria tempo para explicar e não estou a fim, até porque naquela época eu andava um bocado confusa. Então fui parar num nebuloso Curso de Comunicações e Artes, período noturno. E isso é fácil esclarecer: arquitetura requer tempo integral e eu tinha que trabalhar, certo?

Mas eu andava feliz. O futuro já podia começar. Bem, de certa forma. Adiava-o durante as janelas entre as aulas no bar do Zé enquanto conspirávamos contra o regime, o trânsito, os militares, nossos pais, mestres, patrões, muito marxismo e luta armada após a quinta espremidinha.

Toda nossa subversão (subversão que eu só exerceria efetivamente anos depois pela via literária) consistia em passar cadernos e livros para as biscates que batalhavam no pedaço quando a polícia baixava. A repressão comia solta e a paranóia idem. Pregávamos a greve em frente ao nosso diretório, as turmas da Engenharia e do Direito, além de remanescentes do CCC, estavam "infiltradas", até em nossa classe havia um sujeito que suspeitávamos ser do Dops, o Muzambinha, porra, se não era nome de tira, sem contar o jeito de vira-lata manso. Nunca soubemos seu verdadeiro nome, parece que não constava da lista de presença.

Mas aquele primeiro ano eu fazia o gênero altamente magra, sempre meio bandida, meio sabida, conquanto cdf, dois terços dos mestres — todos homens, todos meio gabirus — já haviam sucumbido mediante minhas evidentes e luminosas qualidades, que o diga Horácio Kutuzov, que era da turma e meu melhor amigo e teria sido algo mais se eu tivesse permitido. Judeu-russo refinadíssimo, desses que usam *cotoveleiras*, desenham ouvindo Mozart, com quem mantemos essas conversas profundas e definitivas e intermináveis, porque ele era exaustivamente educado, como um príncipe no exílio, um intelectual de 30 anos, gênero barba-bigode-óculos e um peculiaríssimo sotaque no qual pareciam se fundir várias línguas, menos o português.

Depois de Alvim, Horácio também teve um papel iniciático e propiciatório, um elemento de ligação entre o tango dos anos 40, meu pai, falsos desmaios em verdadeiros joelhos, flores amarelas, Buenos Aires em versão contemporânea tocada por Piazzolla e a gravadora Pic Jazz, de quem eu acabara de comprar todos os discos e cujo tango ouvia de joelhos, o mesmo tango em rotação alterada, *twenty years after, twenty years ago*, a fusão de duas épocas numa terceira virtual, no tom daquilo que já pulsava em mim, de algo a que eu teria que dar uma voz, um rosto, uma biografia, algo que naturalmente tinha tudo a ver com Horácio, o tango ou Buenos Aires, como também teriam George Raft, Bolero, sapatos de pulseira e Gilda. Ou a gravadora Pic Jazz.

Logo Horácio não era o caso, mas foi a ligação que favoreceu as melhores aproximações, permitindo um reajuste de foco, como o sacerdote nas cerimônias de iniciação: levou-me pela mão até o limiar dos mistérios e retirou-me a venda dos olhos.

Não por acaso, quatro anos depois, meu primeiro livro se chamaria *Tango Fantasma*. Mas tudo isso ainda estava longe, eu não poderia adivinhá-lo, bobagem.

Por descaminhos chega-se lá.

Evidente que eu estudava, sabia quanto custava a porra do curso, certo?

Solidariamente eu e a turma permutávamos aptidões, habilidades e falta de tempo. Estava acima das minhas forças a execução daqueles trabalhos gráficos (*feitos a mão*, com esquadros, nanquim e régua T), e quanto aos rapazes, ao final de cada aula de História se quedavam com os olhos perdidos no vazio, como quem acaba de assistir a um filme tcheco sem legendas.

Assim, enquanto eles caprichavam minhas artes finais, em dia de exame de História ou Antropologia ou Estética ou Semiótica, eu chegava a escrever seis provas dissertativas, incluindo a minha. Aquele professor pernóstico não era nada bobo, razão pela qual era preciso imitar o "estilo" de cada um. Conforme o caso, não acertar demais, errar o previsível, a ponto do mestre deduzir que, afinal de contas, o sujeito tinha se esforçado. Sempre pintava um mal-agradecido: só sete e meio? Você teve dez! Um sujeito para quem o objetivo era o sacrossanto reduto da *intelligentsia* brasileira, seu ídolo, Roberto Carlos, as garotas eram "frescas" ou "gatinhas", seu carro, um Maverick vermelho (imobilizado na garagem por falta de grana para a gasolina, dizíamos que era o drive-in dele, ficava putíssimo).

Mas o futuro, *meu futuro*, só começou no segundo ano, dentro do laboratório fotográfico. O trabalho consistia em converter o texto de James Joyce, *Symbad, o Marinheiro*, numa seqüência fotográfica. Era minha chance. Escrevi um poema, legendando com um verso cada foto, aliás, todas irretocavelmente desfocadas. Mas tirei nota máxima. Pelo texto. Então, foi aí.

Eu poderia ter sido uma aplicada artista gráfica, afinal sempre soube desenhar, nasci sabendo, essas coisas, tipo melhor aluna nas aulas de modelo vivo — uma mulatona de olhar miasmático, seios enormes como tamarindos murchos e queimaduras de cigarros pelo corpo: esta descrição, podem apostar, supera meus mais sensíveis esboços.

Escrever não. Era uma espécie de trunfo definitivo, algo que me fazia sorrir secretamente sem mover um só músculo do rosto. Como um jogador profissional com um *royal straight flush* entre os dedos. Então, foi aí. Naquele laboratório fotográfico, o mestre atônito diante desse talento desconhecido (secreto, retifico, afinal não fazia meia dúzia de provas em menos de uma hora? Era preciso talento, inclusive para ghost. E algum speed, claro.), mas finalmente fora reconhecida, identificada. Publicamente.

Daí em diante esqueci os homens, porque agora via claramente, meu objetivo existencial não eram eles, não senhor, não era o poder sobre eles, absolutamente, ia dar muito trabalho, me fora reservado algo bem mais fácil, infinitamente mais fácil, algo a ver com o *royal straight flush*, as histórias a partir do tango, flores amarelas, sapatos de pulseira, Astor Piazzolla e Horácio Kutuzov, sem contar o *Cafetín de Buenos Aires* e a poesia de Mariano Mores, *trenzas y garras* de Aníbal Troillo e José Maria Conturci, a aceleração e o coração, Alvim, Maria Madalena e os penhascos, sim, meu lance era a literatura, era ser escritora, e isso *fazia sentido*, tudo ficava muito claro, claríssimo, o futuro se desenrolando agora diante dos meus olhos feito um tapete mágico, acelerado, aceleradíssimo, rápido, cada vez mais rápido, eu mal podia esperar.

II

Dez anos e quatro livros depois, o desígnio de me tornar escritora começava a realizar-se, adquiria contornos precisos, materializava-se, contudo esta materialização acarretou desdobramentos imprevisíveis — impossível prever se para o bem ou o mal —, mas isso não tinha importância, uma vez que eram inevitáveis.

Pois aquele elemento eufórico (aquele quinto elemento), divino, borbulhante como champanhe, experimentado nos confins dos vinte anos como um estado de graça e um impulso irresistível para exprimir-se, manifestar-se por escrito, uma força em movimento, uma função (ao mesmo tempo em que a poesia virava prosa) expressa naqueles momentos especialmente brilhantes, criativos, raríssimos, ao longo dos textos e sentenças e novelas foi se materializando, se aproximando do sujeito, tomando corpo, forma, personalidade, razão de ser, um rosto, uma biografia, virou personagem de ficção e a face dominante da minha persona — agora pública, não mais uma pessoa exclusivamente privada, uma mulher particular, mas pública, com vida e obra partilhada por todos — ou seja, Diana Marini, um não-eu, um eu-também (o que dizia o poema de Mário de Andrade? Eu sou trezentos, eu sou 350), uma hetaira de ar desprezadora, literalmente *la belle dame sans merci*, persona cuja lógica passou a dominar a realidade, *minha* realidade, e isto é um tanto desastroso para dizer o mínimo, pelo que Diana tem em comum com Ártemis, Astarté, Afrodite, Ishtar, aquelas deusas biscates, cruzes, quase todas comiam criancinhas.

Por exemplo, a lógica interesseira e carreirista de DM reiteradamente me envolvia com sujeitos que não eram o meu tipo, e envolver-se com pessoas que não são nosso tipo é funesto, porque se imagina justamente o contrário, que assim se estará a salvo dos males do amor. Ledo engano.

Proust escreveu algumas coisas lapidares por conta do seu amor insano por Albertine ou do de Swann por Odette: *Primeiro, não sendo nosso tipo, deixamo-nos amar sem amarmos, e assim nos escravizamos a um hábito que não se estabeleceria com pessoa alguma do nosso tipo que, aliás, raramente é perigosa, pois, ou nos repele, ou logo nos contenta e nos deixa, não se instala em nossa vida, e o risco e a fonte dos males não é a pessoa, é o hábito.* Na melhor das hipóteses acontece uma falsa relação, que diminui e humilha a ambos, como a que ocorreu entre mim e Xavier, a quem eu chamava carinhosamente Tamarindo.

Todavia é preciso isolar o campo para observar detidamente esta fenomenologia, reduzir a história àquele ano, àquele mês, àquele sábado, àquele momento em que minha vida estava prestes a mudar novamente, pela segunda vez.

Mas será melhor contá-lo como um sábado qualquer, o que significa contar o que acontecia todos os sábados vinte anos atrás, quando acontecia a revista literária, os amigos, a feijoada, a livraria de Assef, a paixão abjeta de Xavier por Diana Marini: cenas da vida literária.

O despertar tardio dos sábados também seria algo sempre deliciosamente solitário, pleno de bons presságios: mulheres no cabeleireiro, homens conversando fiado pelo bairro, programando o domingo e pescarias no balcão das padarias; a mesa do café num nebuloso desarranjo de cascas de pão, marés de nata na leiteira, respingos de café e o sol rendilhando partículas histéricas nos ladrilhos da cozinha, nas cortinas leves sobre a pia, o cheiro de laquê e acetona subindo pelas paredes limosas do quintal da vizinha, manicure de intensa freguesia com hora marcada para as dez.

Quanto às anfetaminas, dez anos de incorporação metafísica duma substância à personalidade significa dez anos de ingestão física diária e seu elenco de males e riscos decorrentes; dez anos de uso continuado constela uma inexorabilidade vital que, por sua vez, forja seus hábitos, cria regras, inaugura e encerra fases, âmbitos, patamares e, a propósito, a regra número um manda impessoalizar fontes médicas e farmacológicas. Esqueça o médico bonzinho, amigo da família, o farmacêutico camarada e meio trambiqueiro, pois com o passar do tempo — e nisso aposto meu pescoço — o bonzinho vira dragão da maldade. Ao constatar tua necessidade, ele se torna um filha-da-puta ganancioso que transforma a quebrada de galho em relação de poder, tipo viciado x traficante, o que não é caso de nenhum dos dois.

Essencialmente, se alguém tem algo a vender é porque existe alguém que quer comprar e vice-versa, esta é uma transação comercial de mútua interdependência *e por canais competentes,* diferente da relação traficante x viciado que acontece na clandestinidade. Usuária oficial, o caso de Diana é antes do junkie bastante modesto, literalmente do *junkie careta*, o que, naturalmente, é um paradoxo, mas paradoxal não é a condição da literatura?

A regra dois manda não exagerar no consumo, jamais ultrapassar o patamar de pico e nunca mixar anfetaminas com outras drogas, sobretudo as incompatíveis, tipo droga suja ou droga de sonho (assim como a cocaína, a anfetamina é droga limpa, isto é, droga de poder), de evasão, drogas através das quais se abre mão do controle do ego, como a maconha ou certos ácidos, ou as que relaxam, liberam o superego, como o álcool e, nesse caso, a associação inclui desde o simples cancelamento dos efeitos até a piração generalizada (lembram-se de Alvim?). Resumindo: se você for um junkie careta, não misture as bolas e mantenha-se na dose de manutenção, ok?

Certa vez, alguém me perguntou qual era a relação dos amigos, namorados, parentes, etc., com o fato de eu usar anfetaminas: a resposta é que essa relação não existe, é zero vezes zero, nula, caput. Ou eles simplesmente não sabem, ou é bom fingirem muito bem que não sabem. Porque eu nego.

Por isso, a terceira regra é a mais severa: nunca, JAMAIS, em hipótese alguma, conte a ninguém que você usa anfetaminas, nem debaixo de pau-de-arara! Tive algumas experiências amargas *about*. E uma vez que esse hábito não tem características anti-sociais — até porque os efeitos não são para uso externo e tampouco motivo de jactância —, então amoite-se. Porque a contratransferência na contramão, a popular cobrança, é uma merda. Psicologicamente te deixa tão *por baixo* que funciona como um anulador de efeitos (que supostamente deviam te botar *para cima*), ou melhor, é O Grande Anulador de Efeitos.

Sobre ti, qualquer um julgar-se-á no direito de tripudiar, sobretudo aquela vizinha que não bebe, não fuma, pertence à Igreja Universal do Reino de Deus, curte (nesta ordem) Adriane Galisteu, Ratinho, *barbecue* e o padre Marcelo Rossi. Ou a filha da vizinha que há quatro anos ganhou da mãe um aparelho de caraoquê apenas para cantar catatonicamente dia após dia, mês a mês, ano a ano, a abertura do programa da Xuxa: na cultura de massa, a imbecilização infantil é um fato. Quer nasçam com 40 ou 140 de QI, aos 8 anos todas se nivelam pelo mesmo índice de imbecilização globalizada. Ou o marido da vizinha, um fundamentalista paulistano de chinelo, cujo secreto herói cultural seria um mix de George Bush, Nero e a Cuca. Afinal de contas, todos eles são politicamente corretos e você não, meu bem.

Mas voltando aos sábados dos anos 80: quanto às anfetaminas, as predisposições não haviam se alterado na época, porque a seguir haveria aquele quarto de hora de reações em cadeia quando estaria indecisa sobre o fato de tomar ou não anorexígenos, pesando as conseqüências que, além da depressão, latejamento nas têmporas, embotamento de idéias, sudorese, tremedeira e infundadas dores-de-corno, aquilo não tiraria a fome coisíssima nenhuma *caso fosse beber*. Continuava boa a subida dos primeiros 45 minutos de palpitação, euforia, ilusão de que nunca mais precisaria ingerir qualquer espécie de alimento por via oral, salvo uma biafra rápida e junta médica.

Então decidia-se por não tomar anfetaminas (sábia decisão). Hoje não. Hoje era sábado. Hoje seriam os amigos, a cerveja, o almoço em extensas mesas preguiçosas, hoje eram os garçons e a incontinência renal, hoje definitivamente não.

Porque nosso grupo reunia-se há anos, um período infinito constituído unicamente por sábados vividos no interior da livraria de Assef. Chegávamos entre 11 e meio-dia, denunciados pelos passos nas escadas (o lugar era mais ou menos um porão), o perfume de água-de-colônia, os cabelos molhados sobre os quais pairava uma cálida aura sulfurosa onde os vestígios etílicos da madrugada de sexta fundiam-se ao banho quente, ao breakfast com ovos mexidos e reassimilação hepática e cá estávamos, juntos novamente, camisas floridas e uma porção de frases na ponta da língua para encher o saco, nos fazer presentes e esquecer mais uma semana, porra.

Assef, por exemplo, estaria sentado desde as oito na escrivaninha forrada de contas a pagar, promissórias, imprensa marginal, correspondência de leitores, pacotes com originais, lendo aleatoriamente desde notas fiscais a contos inéditos em voz alta com o mesmo desinteresse divertido, como parte da sua (dele, escritor) ficção, como se tudo isso não pertencesse à sua (dele, editor e livreiro) realidade de segunda-feira, numa espécie de compulsão meio suicida, meio inconsciente para divertir o entorno, de resto sempre desinteressado em ouvir o que quer que fosse, a não ser uma frase mais brilhante que justificasse o início do sábado, e de preferência, que fosse a sua.

Junto às estantes, folheavam-se livros com rapidez incrível para roubar frases inteligentes, recitadas no ato com algumas variações e piscadinhas canalhas, deixando Assef alerta quanto ao início de tumulto. Às vezes, aparecia um comprador — estudantes de ar estúpido ou jovens mamães avec pirralhos —, então silenciavam os palavrões, as piadinhas, os cochichos, estabelecendo-se progressivamente uma inversão acústica, através dum silêncio mortal e circunspecto, que deixava Assef putíssimo, porque de qualquer forma a pessoa desculpava-se e fugia, esquecendo o título do livro, o livro e o número de degraus da maldita escada onde invariavelmente tropeçava, levando ainda por cima gargalhadas pelas costas e Assef, seus filhas-da-puta.

Acontece que Assef era escritor e livreiro, ambos pessimistas na vida real, sem nenhum senso de humor, além de ex-funcionário público, ex-repórter, mas um ótimo sujeito: possuía aquela absoluta falta de qualidades que fazia dele alguém sem nenhum defeito. Se ele não tivesse inventado aquela revista literária, prestigiosa conquanto insolvente, ou aquela livraria maluca (os livros que havia lá, não encontrávamos em nenhuma outra, embora não se achasse nunca um livro específico que se estivesse procurando, e isto realmente não fazia sentido, assim como o próprio Assef e seu pessimismo ineficaz), o que seria do sábado?

Assef na escrivaninha, atolado na papelada, naquela falsa cordialidade que esses merdas vêm aqui foder meus negócios: como vai sua mulher, seu novo livro? Acenando para Leo que acabava de chegar: li uma crítica péssima no JB, guardei em algum lugar, isso é uma bagunça, não se acha nada e o outro roendo as unhas: onde? Como a maldita crítica? Vem ele me dizer e agora não sabe onde enfiou, mas que filha da boa mãe dele, olha, no Suplemento de Minas teve outra, tira do bolso e lê, enquanto o imbecil continua procurando o recorte do JB sem me dar ouvidos, bando de invejosos, todos vocês, estava bem aqui, eu juro, essa minha secretária, secretária? Desde quando? No mês passado ele tinha uma, mas só até o dia do pagamento. Senhores, o amor pela literatura vale qualquer sacrifício: onde foi parar a porra da crítica? Escute isso: *Mito e realidade se fundem numa prosa carregada de múltiplos significados, onde o drama do homem urbano é retratado com toda a sua...* Elas são todas iguais. Menos a do JB, por exemplo, falou-se em aridez estilística, mas onde? Não seria, por acaso, avidez lingüística? Dá mais ou menos no mesmo, só que os leitores não percebem, que leitores? Eu, você, Diana, mas foi uma boa idéia, Chico, você foi escalado para o primeiro turno das latinhas, dê um pulo no Freitas e diga que cá embaixo já ocorrem quatro intelectuais sedentos, tem certeza que ele falou aridez? Cinco com a Diana, mas ela não é intelectual, não é, baby? Certamente, agora se você afastar um pouquinho seu bumbum dessa mesinha, eu poderei pegar minha carteira (porque o Chico nunca tem um puto no bolso), uma vez que se sentou precisamente sobre meu pagamento que, como pode ver, não é pouco, digo, se é que você está a fim, baby. E Bira piscava para Diana e Chico, como bom esquerdinha, pegava a grana e lá ia para o bar, remoendo silenciosamente o despeito, retornando com o saco de papel estourando de latinhas geladíssimas. Bom garoto.

Bebendo a primeira cerveja, Diana observava Chico sempre folheando alguma publicação literalmente nanica com a maior seriedade do mundo, como se aquilo fosse Joyce, Proust ou Kafka no original, porra, não dá, concluía mentalmente ao mesmo tempo que escutava a conversa de Assef, Bira e do Leo Despeitado, ainda com o recorte da crítica do suplemento mineiro na mão, aguardando a primeira brecha no papo para esfregá-la na cara desses sacanas metidos a besta, mas estava difícil, jogo duríssimo, uma vez que Bira e Assef, percebendo a manobra, haviam se entrincheirado numa discussão interminável sobre a irmandade literária de Virginia Woolf e Turgueniev, na qual Xavier, que descia as escadas pontualmente às 11h30, inevitavelmente iria enganchar:

— Agora você terá que passar sobre o meu cadáver, gritava Bira abraçado a Diana, mais para divertir-se às custas dos melindres de Xavier, o que, naturalmente, conseguia. Então este se aninhava num vão entre as estantes e lá ficava fumando placidamente, moreno, baixinho e barrigudo como um pequeno Buda sorridente e corrompível, desonestamente humano. Xavier era nosso filósofo de plantão, algo que, se tinha a ver com os papos intermináveis no boteco da esquina, por outro lado validava pessoalmente nossa iniciação, legitimando nosso ingresso na comunidade literária. Xavier era o fiel da balança, sempre pendendo para o lado das suas paixões soçobradas, mas de qualquer forma um fiel.

Porque Diana fazia de conta que desprezava Xavier, que reiteradamente fazia de conta que era rejeitado, e ambos alimentavam compulsivamente este mito circular e estúpido, este jogo sem vencedores, um cirquinho que eu desarmava facilmente, pois bastava aceitar, dizer que sim, que me casaria com ele, que ele sumia.

Porque não se tratava de casamento, quer dizer, compromisso entre pessoas reais, mas de jogo disputado por dois personagens — personas, máscaras — Xavier, fazendo a linha Servidão Humana, no papel do professor Ratt (logo ele, que tinha tudo de Hierofante's book, mix de Centauro com Pigmalião), Diana, entre Anjo Azul e Messalina.

De forma que já não se perguntava com tanta insistência por que continuava com ele, porque no princípio fora o deslumbramento pela literatura (da qual Xavier seria um conhecedor profilático) mas, superado este ponto (por mim, claro, porque sob a fachada de mil racionalizações e desculpas tão nobres quanto esfarrapadas, Diana Marini, arquétipo feminino e escritora full-time, acreditava tanto em Literatura quanto em Papai Noel) em razão da sua inexperiente desumanidade, Marini sempre agia contra si própria, mas sobrava para mim.

Diana suspirou e abriu outra latinha. Sentado num banquinho na parede oposta, Leo discorria ininterruptamente sobre seus (dele) amigos famosos, aproveitando de passagem para incluir algum lance emocionante duma minuciosa cirurgia (ele era médico) feita durante a última semana, fatos absolutamente sem interesse para a roda que fingia ouvi-lo, batendo latinhas, esvaziando cinzeiros, lendo o jornal, Assef sussurrando ao telefone, fazendo esforços sobre-humanos para não ser ouvido *deste* lado, possivelmente algum cobrador ou a ex-mulher, fodendo-lhe o sábado.

Um tilintar de pulseiras, um perfume de flores miúdas, distribuindo beijinhos, chegava Déia que apanhava uma latinha já provocando o entorno a mergulhar numa discussão meio sem pé nem cabeça sobre alguma teoria comparada de qualquer coisa. Déia: dondoca cearense sem talento campeã de alpinismo social ciscando na seara literária paulistana, era isso. Era só isso. Aliás, disso sempre teve muito: poetisas de sobremesa. Mas as mulheres do grupo — Déia, Ciça, Diana Marini, Ingrid e Belisa e a Arquiduquesa algumas vezes — tinham vida própria, agiam com autonomia, até porque o contexto não favorecia relações solidárias. Salvo a paquera sem maiores conseqüências.

Hoje, por exemplo, Leo estaria cobiçando Diana que fingia não notá-lo, embora lhe desse corda com toda a intensidade, sabe-se lá como; a discussão com Déia absorvia as atenções de Bira e Tamarindo apenas porque ambos adoravam contrariá-la, só estavam esperando uma chance. Mas fossem homens ou mulheres, excluída a cumplicidade, os amigos reunidos aos sábados constituíam aquela terceira personalidade que os identificava como grupo literário.

Foi a vez de Tamarindo fechar os olhos: lá estava Diana, e ele prosseguia pensando sobre a vontade que tinha de abraçá-la e estar só com ela, de relance, estilhaços coloridos do prédio da Assembléia Legislativa superpunham-se ao seu rosto, as cabines de tradução simultânea, as máquinas, fragmentos de discursos, o poder, o poder e o império daquele rosto na madrugada onde a deixara solitária e nua e anorexígena e copinho de vodca e fora comprar frango frito. Xavier suspirou profundamente no meio da frase de Leo, justamente a que deveria surtir efeito. Este calou-se, baixou os olhos, constrangido, Xavier pousou a mão em seu ombro, não tem importância, bebi demais ontem à noite, ainda estou dormindo. Leo concordou vagamente e levantou-se para pegar outra cerveja e um ouvinte mais atento.

O sábado afunilava-se: 13 horas. Assef ameaçando fechar a livraria, quer dizer, já fechando tudo ostensivamente, inclusive os livros abertos aqui e ali, recolocando-os secamente nas estantes, um cara dura total. Hora da discussão para escolher o restaurante que, aliás, demorava, no mínimo, meia hora, mas ressalvados *todos* os casos, aparadas *todas* as arestas, como preferências gastronômicas, limites financeiros, impressionismos difusos como aquele do Leo sobre o fato do Eduardo's deprimi-lo inexplicavelmente, talvez o rumor do ar-condicionado, a cor do lambri, decidia-se de qualquer forma.

Diana, puxando Xavier pela mão, indicava aos outros que iriam juntos, enquanto Xavier se perguntava para quê? Para quê? Num dos raros momentos de lucidez, mas Diana metera-se no automóvel, ordenando que tinham de pegar uns colares depois, e agora era Tamarindo quem fechava a porta, acendia um cigarro, botava o carro em movimento, prosseguia perguntando para quê? Para quê? Mais para si mesmo, mas quase convencido que sim, sim, lembrando o apartamento abafado ao som do horário político que saía dum alto-falante embutido na parede, o corpo branco e roliço ao seu lado, esquecido no sono, então ele voltava a se perguntar, para quê? Para quê? São colares banhados a ouro, Tama, se é que já não roubaram, Tamarindo, não adianta prosseguirmos essa viagem estática, essa *trip* maluca, mas por via das dúvidas, não beba demais, você sabe, sim, ela sabe, eu sei, todos nós sabemos que hoje não serei o escolhido, hoje como sempre, hoje como nunca, desde os bailes da adolescência fora o secreto baixinho sob a chuva esquivando-se das poças numa escura rua deserta na madrugada cheia de galos do interior, quatro, cinco horas e ninguém, nem uma mulher doce e meiga, nenhuma carne velozmente adorada, amor, amor, por isso escolhera Diana, acalentando-a antes como uma dor aguda, a mulher inatingível, impossível imaginá-la apaixonada e muito menos por ele, isso nunca, seria como largar a dor e mergulhar na burrice, pois na verdade o corpo branco e roliço, esquecido no sono, esquecido em tantas noites, tantas tardes, *realmente não estava lá*, não fazia parte do seu mundo onde só existiam a dor e crises agudas no peito, de forma que não, Diana não, Diana nunca, porque havia uma secreta delícia em ser rejeitado, ser repelido, jamais merecer o que quer que fosse, o perfume de madressilva, o pensamento na tarde, o mês de maio, logo Diana nunca, o amor precisava deixar esse travo agudo na língua, o amor tinha gosto de tamarindo, o amor debaixo duma carteira de escola, o amor numa quitanda de Sorocaba.

Xavier estaria quase chorando quando finalmente estacionou em frente ao restaurante. Com a mão na maçaneta, Diana encarou-o: Não tenha tanta pena de si próprio, e saiu, batendo a porta, indo juntar-se aos outros. Tama ficou observando-os ainda por uns cinco minutos, por detrás das portas de vidro fumê: uma longa mesa era posta, garçons agitando-se em torno, um carrossel em preto e branco que pouco a pouco ia cessando. Tama olhou a rua, o sol queimando a perspectiva deserta, lembrou-se de algo insuportável e então resolveu entrar.

Diana sentara-se entre Leo e Chico que disputavam obliquamente sua atenção; Chico, esquivo, ostensivamente proletário e vira-lata, partira para a sobra (sei que é absurdo, ninguém "parte para a sobra", mas assim se definia a atitude do Chico), Leo, fascinado por seu ego fulgurante refletido no olhar irônico de Diana. Déia ficara entre Assef, eternamente faminto e mal-humorado, e a garrulice de Bira, acariciando-lhe a coxa sob a mesa, que tinha e não vontade de encostar-se à dele, tirando-lhe a fome, despindo suas roupas, os negros olhos buliçosos pelos quais Déia nutria desejos inconfessáveis, enquanto Bira ele próprio se nutria de coisas mais concretas como pão, azeitonas, obscenidades e mão boba.

Sentado na cabeceira, Xavier sorvia o primeiro uísque: visto as coisas malparadas, ele estava fora, como sempre. O que era ótimo, pensava Diana, ele adora cutucar essa paixão como quem cutuca o dente com o nervo exposto, e ainda afetando esse ar blasé, agora ele está dizendo que é um "coração de plantão", que ainda fará uma coluna de jornal com esse nome. Diana apertou os olhos: talvez fosse isso, o humor amargo e bonachão de Tama, que apenas ri de si próprio, que não procura compaixão tampouco angaria adeptos, que não luta porque sempre esteve e estará fodido, que é indiferente ao riso e à piedade, porque não lhe importam, nada importa, porque está ausente, em outra parte, onde tudo se resolve num círculo luminoso e inatingível de sabedoria, docemente, ternamente irônica: então fora isso que vira em Xavier.

Mas como Xavier e a paixão de Xavier não eram para ser levados a sério, não era isso que inquietava Diana, cuja vida estava prestes a mudar novamente, pela segunda vez, e isto precisava contar ao grupo, fazendo tilintar copos e colheres, e de uma vez por todas, recolhendo as atenções dispersas:

— Bom, é um fato consumado — falou Diana impulsivamente como quem teme arrepender-se —, ontem à tarde, depois de uma longa e extenuante (eu não agüentava mais, vocês não agüentavam mais, meus patrões, ninguém agüentava mais) operação parafuso, joguei a toalha no ringue, me demiti, quer dizer, pedi para ser mandada embora do meu emprego. Oficialmente. Stop. Chega. Acabou-se. Puta alívio! Vou ficar me sentindo maravilhosamente aliviada por me...

— Se foi numa sexta ainda dá pra voltar atrás — disse Chico hesitante, lançando ao redor um olhar interrogativo — , o protocolo não funciona às sextas nas repartições brasileiras, aliás em lugar nenhum, de forma que... — mas calou-se, bruscamente, silenciado pelo olhar de Diana.

— Entendemos, baby, você não está nos consultando (o que deveria), apenas comunicando formalmente que se mandou dum emprego estável, regiamente remunerado, onde trabalhava há 15 anos e onde não fazia porra nenhuma, além de cumprir um horário, redigir uma ou duas cartas comerciais e atender ao telefone. Perfeito. Estamos cientes, declarou Bira, pedindo outro uísque, acenando ao garçom para deixar a garrafa na mesa.

— Quer dizer: como defender uma decisão que vocês consideram insensata? perguntou Diana, que sabia perfeitamente como se defender. — Porque o problema era esse, eu estava sendo subaproveitada, qualquer estagiária débil mental poderia me substituir com vantagens. Mês passado lancei meu quarto livro, completei dez anos de carreira literária, ora se não tinha bons motivos para comemorar pela noite e madrugada adentro, não fosse o fato de no dia seguinte ter que levantar bem cedo, cedíssimo e bater o ponto.

Fez-se um silêncio constrangedor por um ou dois minutos.

— Você está tentando nos enrolar, reagiu Assef.

— Estou, ela suspirou e piscou para Xavier.

— E vai trabalhar onde agora?

— Onde possa mostrar meu valor, jornalismo ou publicidade, tornar-me um escritor profissional.

— Não seja ridícula. O único aqui que vive da própria ficção é Xavier: escreve todos os discursos de Sua Excelência.

Risos grosseiros.

— Você se leva muito a sério, Diana.

— Levo a literatura a sério.

— Que seja, meu bem.

— Well, ok, já entendemos.

— Mas isso não vai dar certo, é um palpite, não sei, é só um palpite — pensativo, Xavier abanou a cabeça e olhou para Bira que olhou para Leo que olhou para Chico que olhou para Assef que pediu a conta.

III

Vida e literatura não se premedita.

Se a realidade tem algum propósito secreto, cabe ao mito, à ficção decifrar seu enigma, esta é a função da segunda realidade que, por sua vez, organiza a primeira — caótica, informe, brutal, onde impera a lei do cão —, desde que continuemos a viver meio alienados, meio inconscientes do fim último de nossas ações. Não é que não se deva saber o que irá acontecer, mas *saber* antecipadamente não funciona, uma vez que não dá para *viver* por antecipação. Mesma coisa o escrever, que não se engendra no pensamento, pois se consuma no exercício que realiza a memória das mãos.

Recapitulando: aquele elemento aéreo, impalpável, fluido, borbulhante como champanhe, cuja ação é muito semelhante à da anfetamina, ou cloridrato de fenilpropanolamina, bem como do cloridrato de fluoxetina, o popular prozac liberador da serotonina, hormônio responsável pelo prazer, por aquele estado eternamente apaixonado, anoreticamente apaixonado e alimentando-se da própria beatitude narcísica e euforizante, aquilo que chamei quinto elemento, que está na origem das razões menos plausíveis e do impulso irresistível de escrever — manifestar-se de uma vez por todas e por escrito —, materializou-se em meus personagens, mais plenamente em Diana Marini, que por sua vez aproximou-se do sujeito (aliás, eu), extrapolou o âmbito ficcional e invadiu a realidade, extravertendo o arquétipo duma anima devastadora e burra, que só deveria funcionar pelo *lado de dentro*, uma vez que arquétipos não servem para pagar aluguel!

Explicando o que levei anos para entender e custou-me posses materiais e algumas relações pessoais não menos valiosas: criação não rima com ganha-pão. Essencialmente é isto. Aquilo que cria não está a nosso serviço — não é um utilitário, no sentido virtual —, e se pretender controlá-lo, imaginando comandar o processo, perfidamente ele irá se ocultar, se transformar, brincar de cabra-cega, e por fim te abandonar, não de repente, mas pouco a pouco e de várias formas, cada qual mais traiçoeira.

Os amigos tinham razão ao prever que não daria certo a proposta trabalhista de Diana Marini no sentido de "mostrar seu valor"?

A curto e médio prazo, sim, a decisão revelou-se catastrófica, algo que ocorre fatalmente a alguém que se atribui poderes divinos, e quem ultrapassa o Métron — a medida da mediocridade — atrai as Fúrias ou Moira ou O Destino Cego ou Todas as Opções Anteriores. A condição trágica, que no passado explicava-se pelo mito, é confirmada no futuro pela psicologia experimental.

Tá muito grego & junguiano?

Não se iludam, meus caros, e uma vez que ISTO é ficção, nem eu (sobretudo eu) sei no que vai dar. Como não sabia, na época, que daria com os burros n'água, porque racionalmente, pela ló-gi-ca, TINHA que dar certo.

Mas acontece que a vida não é lógica. Nem justa, nem perfeita, nem ideal. E isto é algo que só se entende sentindo na pele, desconstruindo Diana Marini. Porque era preciso desconstruir Diana Marini, custe o que custar.

Para começar, nossos objetivos divergiam. Enquanto ela queria sair da ficção para viver no mundo real, eu precisava mergulhar na literatura para dar algum sentido à realidade insana, esquizofrênica, delirante. Mas, de um modo ou de outro, seria preciso ajustar contas com o plano material.

Contudo:

Quem ia imaginar que o Brasil ia dançar?

Que o futuro não seria possível?

Que mudaria o espírito de época?

Na virada dos 90. Daí a decisão de Diana Marini no sentido de demitir-se dum emprego canalha, embora estável, para aventurar-se na publicidade ou no jornalismo visando "mostrar seu valor profissionalmente" ou "trabalhar naquilo que se gosta e acredita" ou qualquer outro propósito do gênero, todos muito nobres, lúcidos, razoabilíssimos, ter sido duplamente desastrosa: subjetivamente, por seu idealismo anacrônico, uma vez que objetivamente já agonizavam as utopias; subjetivamente, pela arrogância suicida em chutar displicentemente o pau da barraca, arrogância que assumiria dimensão trágica ao manifestar-se objetivamente em contexto tão adverso. Como se deliberadamente nadasse contra a corrente mesmo sabendo que iria se afogar. E para quê?

O fato é que ela já havia "provado seu valor" e da forma mais difícil, afinal não era uma escritora reconhecida? Sem nenhuma tramóia, fora a feliz conjunção dum talento e respectivo contexto histórico — a pessoa certa no momento certo, no lugar certo.

Esse erro de julgamento (dela) custou-lhe bem caro. E uma vez que os outros — os colegas da publicidade, do jornalismo, amigos próximos e distantes, vizinhos, parentes e ausentes — julgaram acertadamente, para o resto do mundo as pretensões de DM não faziam sentido. Algo impensável, tipo Dorothy Parker querendo virar Malu Mulher.

O fato é que Diana Marini lançou-se numa aventura heróica no exato momento em que, no mundo, valores como heroísmo, ideais, honra, orgulho, dignidade, solidariedade, despencaram na Bolsa (o que não significa que, a despeito da queda no plano objetivo, não continuem a existir como valores eternos no plano virtual, para o qual contingentes são os deuses, os impérios, os modos de produção).

Esta a razão do Eu Profundo insistir em sua incorporação, embora nem todos atendam ao chamado, aceitem o trágico desafio de seguir uma vocação. Se existe um plano cósmico, possivelmente a humanidade também deva fazer suas incorporações e, neste patamar, não há escolha, livre-arbítrio — o que vale para o indivíduo, não conta para a massa.

As passagens pela mídia foram desastrosas: do jornal, onde entrara como repórter especial, um ano depois saía como copy e bem ruinzinho. Contudo, fora um ou outro subeditor mais veado ou canalha ou invejoso ou os três, ficaram as amizades, os pileques, certos vínculos da profissão que são indestrutíveis, a identidade com o ambiente, a voz da tribo finalmente reencontrada. O problema era o trabalho em si. Percebeu claramente que jamais conseguiria ser jornalista quando teve de cobrir, no mesmo dia, Sting, Zé do Caixão, Paco Rabanne e a Rainha dos Caminhoneiros. Safa!

Na agência, aconteceu o inverso: hostilidade unânime e sistemática de redatores, diretores de arte, mídias, atendimento, tráfego, incluindo boys e secretárias! Havia esquecido: publicitários não assinam, e isso deve doer um bocado, não importa quantos prêmios ou quanto dinheiro possam ganhar, a necessidade de reconhecimento público auto-sustentável fala mais alto, cala mais fundo.

Para eles, eu era o Outro, do Outro Lado do Espelho, do Lado Errado da Sorte, e eles, deste lado, do Lado Certo do Azar. Talvez meus nobres propósitos, meu auto-sacrifício (e chamar isso como?) despertasse a má consciência de quem vendeu a alma para o diabo e subitamente descobrisse que fez um negócio bastante insatisfatório. Cruzes, eles deviam me *odiar*!

Lá atrás, em algum momento, eu disse que era preciso desconstruir Diana Marini, e a desconstrução chegou ao auge com o saldo negativo no banco, nenhuma perspectiva de trabalho, nenhum biscate, esgotados todos os bicos e contatos e emprego nem pensar. Foi aí, Diana me abandonou aí, a cadela, a covarde.

Então, por entre os escombros, *meus escombros*, em meio ao rescaldo duma persona destroçada, finalmente EU pude retomar o controle, a maldição havia cessado.

Ao cabo de um ano, sabia de cor e salteado todos os 64 hexagramas do I Ching, incluindo os nomes em chinês, associando configurações a resultados, sem contar que me tornara proficiente em astrologia e mapas astrais, tarô mitológico, baralho cigano, runas & outros: quando se perde referências, pontos fixos, fenômenos regulares — tais como emprego com salário — e vive-se de frilas, pergunta-se aos deuses, não é mesmo? Mas este era o ponto da meia-noite, o fundo do poço a partir do qual só se pode sair subindo novamente, retornando, fazendo o balanço de uma vida.

Então subitamente as peças se encaixaram, e naquele instante compreendi por que a vida não é lógica, nem justa, nem perfeita, nem ideal.

A vida não é perfeita porque precisa incluir a imperfeição, não é lógica porque precisa integrar o irracional, mas a vida tem que ser completa, inteira, vivida na íntegra. Ela deve incluir a totalidade da experiência, do terror ao êxtase, nada lhe deve ser negado, nem o bem, nem o mal.

Se o sucesso é coletivo, o fracasso é solitário, mas ambos são verso e reverso da mesma moeda. Antes dessa fase adversa, eu só conhecera a ascensão e o sucesso, até então nada sabia da queda e do fracasso, e a natureza abomina o vazio, a orientação unilateral da consciência, algo que o inconsciente compensa extravertendo arquétipos que nos atacam pelas costas, à nossa revelia, esta é a ação da Moira.

De forma que era preciso incluir também este lado, o escuro, a sombra, equipará-lo ao luminoso, e assim o movimento escapa ao âmbito da punição, inverte a polaridade, adquire sinal positivo, porque o objetivo — ironicamente, o verdadeiro objetivo de tudo isso — é o deslocamento do centro da personalidade para outro lugar, um ponto a meio caminho de qualquer parte, parte na luz, parte na sombra e, a despeito de ser o Grande Centro, constitui-se sobretudo discreto, lateral, vago, modestíssimo. Paz, sossega e esquece, minha arrogância, quase me levaste para o brejo.

Se deu certo chutar o pau da barraca?

A longo prazo era *o certo*, o que tinha de ser vivido para a vida se completar, o caminho que levaria à descoberta do sentido de uma vida, que por si mesma não tem sentido, a menos que decifremos seu enigma, seu mito, sua ficção.

*

Parafraseando Drummond, já tive ouro, já tive terras, hoje sou funcionário público, seguindo a velha e boa tradição machadiana, um lugar no mundo para viver, escrever e aprender a morrer em paz, é isso aí.

Diana Marini voltou a ser personagem de ficção, isto é, voltou para *dentro* com o rabo entre as pernas e reina soberana em meu panteão divino, ela é a Senhora da Minha Alma, a Minha Senhora Alma (Mas-Fique-Onde-Está-Biscate!).

Ela é parte daquele quinto elemento, deslocado finalmente para o Grande Centro que palpita entre a luz e a sombra — vago, obscuro, imponderável —, mas o verdadeiro e único possível. Afinal, eu o merecera, sobrevivera às conseqüências de sua busca. O meio do caminho entre nós e os deuses, ou o caminho do meio, o tao, *quien sabe*?

Ah, sim, as anfetaminas. Continuo a usá-las diariamente, 100 mm, dose de manutenção, até porque nunca se sabe, não é mesmo?

A QUÍMICA DA RESSURREIÇÃO
Jorge Mautner

Era um homem de corpo atlético e tinha 24 anos. Vivia modestamente mas de maneira saudável, pois a sua profissão era a de professor de ioga. Passava o tempo todo fazendo aquilo que gostava, isto é, o aperfeiçoamento do corpo e da alma através da respiração e posturas dolorosas e vitais. Também lia muitos livros sobre a China, o Japão e, é claro, sobre a Índia.

Este professor de ioga conhecido como Pedro, o Mestre, gostava muito de sexo, porém procurava se controlar desviando este ímpeto para outras direções. Acontece que apareceu um dia, era lá pelo fim da tarde, uma nova aluna inscrevendo-se para freqüentar o seu curso de ioga tão falado e elogiado pelas suas amigas — amigas —, e tratava-se de uma mulher lindíssima. Era uma morena de 19 anos, cabelos negros cintilantes, pernas esculturais, sorriso de fonte de eterna energia magnetizante, sensual. Ela se chamava Yara.

Houve, é claro, um contato instantâneo, primeiro contato entre os dois, que se manifestou de forma eletrizante. Logo no dia seguinte foram se encontrar à noite, e depois de um jantar em um elegante restaurante hindu, dirigiram-se para o apartamento de Pedro. Praticaram, é claro, vários atos sexuais.

Durante os atos sexuais, nas pequenas pausas entre eles, para espanto de Pedro, coisa que o deixou boquiaberto e mais fascinado por Yara ainda, foi ouvi-la falar em todos os seus autores preferidos: Sri Aurobindo, Rabindranat Tagore, alquimistas e filósofos e mestres de ioga. Isto os uniu ainda mais, ainda provocando grande paixão entre os dois.

Sucede, porém, que Pedro começou a autodevorar-se com uma nova espécie de angústia, ele que era tão potente sexualmente começou a querer ficar mais potente ainda, e lembrou-se de que muitos dos seus jovens alunos de 18 e até de 17 anos tomavam Viagra para ter desempenho maior no ato sexual. E naquela noite então, após ingerir uma daquelas pílulas azuis, o sexo tornou-se celebração infinita. Colocavam-se em posturas as mais variadas, todas elas muito clássicas e descritas com detalhes no Kama Sutra, livro que ambos idolatravam.

No entanto, a angústia de Pedro ia crescendo e crescendo apesar daquele sexo tão formidável, uma inexplicável tormenta abatia o seu espírito e o seu semblante exprimia toda esta sua dor.

Conversava com a sua namorada sobre esta sua tortura e dizia:

— Sabe, meu bem, minha querida Yara, eu era muito influenciado por Heidegger, por Sartre e pelo próprio Freud, e sempre fui levado a acreditar que a angústia era algo de muito bom, porque segundo a mensagem destes autores da densidade do ser, quanto mais angústia, melhor, mais autêntico será o estado do ser.

E Yara respondia:

— Bem, meu querido Pedro, meu taradinho incorrigível, é que a angústia deste tipo não deve ser confundida com a depressão, que é o que você deve estar sentindo.

E Pedro respondia angustiado e nervoso:

— Fico até com medo de brochar apesar de tomar Viagra, mas meu desespero vai muito além desta questão, é como se nem a minha autenticidade existencial que é a natureza de minha angústia me tornasse mais criativo, mais preparado e motivado para a luta neste planeta onde tudo nos é hostil — embora esta natureza hostil na maioria das vezes esteja levemente camuflada e oculta na aparência aparentemente sorridente das coisas.

E Yara então, tomando as mãos de Pedro nas suas, respondia quase cantando, em voz sensual de amor enlaçante:

— Você não vê Pedro, Pedro querido, Pedro tarado, Pedro amado, que existe diferença entre esta angústia da qual você fala e que é o motor criativo da humanidade, pois é uma angústia estimulante que explode como vontade de vida em ações e gestos e compaixões e participações no atuar e devir da Humanidade, daquela outra sensação quase parecida, mas tão diferente, que é muito deprimente e que justamente se chama de depressão. E tendo esta depressão como característica o estado petrificante da imobilidade quase esquizofrênica. Isto é: não dá vontade de se mexer, não dá vontade de acordar, perde-se o apetite e tudo se torna a mesma coisa, como se fôssemos bólides ou avatares de vontades estranhas, como ficar em silêncio e tornar-se uma pedra, sim, uma pedra no meio do caminho!

Yara competia com Pedro em leituras e mergulhos em profundidade nos interiores dos oceanos da alma. Pedro então resmungou mais uma pergunta e disse quase num lamento como se estivesse orando e gemendo no Muro das Lamentações em Jerusalém, ou em El Kouds, como querem os árabes:

— O que fazer, o que fazer Yara querida, será que o meu caso é tão desesperador como se eu fosse o Doente Imaginário de Molière? Ou, melhor ainda, que esta minha compulsão obsessiva pela ioga e pela obtenção do nirvana a caminho da iluminação total me deixou assim? Construí e fiz de mim um sistema nervoso que resultou em estado de psicopatia social? A iluminação através de respirações e de delírios de dor transfiguradas em prazer autoprovocadas em mim com pregos e contorções imobilizantes doloridas me levaram a tal mutismo de besta inqualificável?

E Pedro desatou a chorar e enquanto Yara o afagava, seus ouvidos deliciavam-se ao ouvir o que Yara lhe dizia enquanto afagava os seus cabelos de iogue atormentado pelo seu cérebro em processo de pesadelo permanente, em eterno estado de transtorno de pânico aterrorizante, mergulhado no Nada do mais absoluto Vazio apenas cheio de terror imobilizante.

— Meu amor, meu bem, meu querido, minha paixão, meu menino bobinho chamado Mestre Pedro, o que você tem a fazer é muito simples, é muito claro, você tem que tomar algum estimulante antidepressivo, seja Prozac ou seja Frontal, porque isto tudo é presente da atual medicina do século XXI que mexe nas entranhas de seu cérebro, e por mais ioga e mestre de ioga que você seja, um mundo novo abrir-se-á dentro de você!

— E o quê, o que devo fazer?

Perguntou em voz quase balbuciante e de pedinte mendigo nosso amigo Pedro.

E Yara, como se fosse yara mesmo, Yara dos rios do país continente chamado Pindorama, Terra dos Papagaios, Santa Cruz, Vera Cruz, Brasil, em tom de rainha das águas com toda a majestade de calma fluídica falou triunfante:

— Vamos amanhã mesmo consultar um dos melhores psiquiatras daqui desta cidade maravilhosa e que é muito amigo do meu pai, e ele dará um jeito em você, assim como ele deu em mim, porque eu não passo um dia sem tomar o meu precioso Prozac! E agora vamos para a cama, fazer amor, ou, como você gosta de dizer, praticar o ato sexual, que coisa mais darwinista e realista esta linguagem do Pedro, meu Mestre do amor!

Dito e feito. O par de namorados enamorados que não se cansavam de ouvir a canção de Carlinhos Brown que tem os azuis de todos os blues maracatus na voz e que tem esta frase: "A namorada tem namoradao enamorado!" Foram de mãos dadas, Pedro muito nervoso, e aumentando com a hipocondria natural (e nele um pouco mais exagerada apesar e talvez justamente por ser ele um iogue tão incrível e acostumado a navegar em atmosferas tão sutis das outras dimensões) o seu estado de nervosismo e Yara cada vez mais serena e confiante na solução encontrada, de levar seu namorado a uma consulta com o psiquiatra amigo do seu pai.

O psiquiatra era um senhor de 42 anos, extremamente simpático, que viera lá do Amazonas, e muito cedo adaptou-se e integrou-se na atmosfera do existir carioca. Vivia com um sorriso ondulante (sempre em movimento) nos lábios e apesar de ouvir bastante o que cada paciente seu vinha lhe dizer, gostava muito de falar, e não raro estabelecia-se durante a consulta um diálogo fértil e pleno de idéias que iam do Egito antigo até as devassidões de Nova York e Copacabana, informações sobre as últimas descobertas da psiquiatria e as novas pesquisas do cérebro. Em meio a tudo isso vinha à tona, numa presença súbita e inesperada, uma palavra mágica, proferida por nosso senhor doutor psiquiatra, que possuía todo o sentido do segredo de um enigma e a consulta alimentada pelas outras conversas, voltava para dentro de si mesma com poder invencível e aprofundamento que só a mais densa poesia nos forneceria, ele era um estupendo e competentíssimo profissional.

Antes de entrar na sala do doutor Olavus Alternatus Junqueira, Pedro tentou fazer com que Yara o acompanhasse na consulta.

— Por favor, meu bem, venha comigo, estou com medo, apesar de fazer minha respiração mais profunda de nível quatro não consigo acalmar-me, parece que um terremoto vai me desintegrar em breve!

E Yara, com carinho, respondeu:

— Querido, isso não pode ser feito, é só você e ele, ele e você, o terremoto que vem vai desintegrar-te sim, mas depois virá a calmaria da reintegração e consolidação do continente da sua alma desintegrada. Em alma reconstruída! Não tenha medo, venha, ele é amigo do meu pai...

Ao entrar e ficar a sós no recanto sagrado do Oráculo de Delfos científico Pedro desandou a falar:

— Senhor doutor, sou um iogue competente, mas o que me atormenta é que já não sei se quando estou em estado sublime de introversão total, através da respiração e sou elevado a uma dimensão estranha que se caracteriza por uma imobilidade cada vez mais petrificante e prazerosa quando fico meditando na posição de Lótus, ou então de cabeça para baixo, o que dá no mesmo, quando saio deste transe sublime já não consigo fazer mais nada, fico só querendo ficar assim parado, imobilizado, petrificado, enregelado. Será que isto é iluminação com sensação de plenitude ou será doentio, sinais de terrível doença, ajude-me doutor!

Então o doutor Olavus Alternatus falou com a voz calma dos sábios consumados:

— Veja bem, meu rapaz, eu me preocupo muito é com os excluídos do sistema, por isto trabalho muito, dou até mais da metade do meu tempo de médico para atender os necessitados da Baixada Fluminense e de Vigário Geral. Faço muito trabalho gratuito em prol desses nossos irmãos e irmãs tão destituídos e injustiçados. Aí eu nem quero saber e vou receitando tranqüilizantes para esses trabalhadores e trabalhadoras para que eles possam suportar a carga de trabalho e a exploração humana a que são submetidos, governo após governo, sob o tacão do famoso e perpétuo arrocho salarial. Só lamento muito (e neste instante suspirou profundamente e o ensaio de uma lágrima não consumada brilhou em seu olho direito enquanto piscava com o esquerdo), mas lamento muito mesmo não poder fazer o mesmo com os estimulantes de última geração da tecnologia, porque estes são muito caros e longe do alcance econômico desta pobre população. Quando posso, eu consigo algumas amostras de estimulantes como Prozac, Frontal e até Estihox, todos de tarja preta, para que esses miseráveis do povo brasileiro possam acabar com a depressão. Aliás, meu caro Pedro, a depressão é o mal do século, e como você sabe os novos estimulantes são resultado das pesquisas mais recentes sobre o cérebro, sua funcionalidade, seus mistérios, nosso avanço científico com a conquista do genoma e da nanotecnologia.

E depois de fazer uma pausa durante a qual começou a prescrever uma receita, recomeçou a falar:

— A solução para o seu caso é simples. Além de jovem, você é de resto muito saudável. Não toma drogas, não bebe, não fuma sequer a mortal nicotina, vai viver muito tempo, portanto vou receitar-lhe um estimulante inacreditável, é o mais caro, mas vejo que o jovem tem dinheiro e este estimulante foi especialmente criado para as pessoas mais sensíveis e auto-atormentadas, e foi inventado, ou se quiser sintetizado, dizem, lá no Chile, para o general Pinochet. Imagine, para o Pinochet ficar feliz, imagine como é bom! Ah! Ah! Ah! Ah!

O doutor entregou a Pedro a receita, abraçou-o e lhe disse:

— Marque a próxima consulta com Wanda, minha secretária, para daqui a dois meses, e dê um grande beijo na Yara que conheço desde a infância. Tenha fé, será feliz ,feliz, feliz e feliz!

Despediram-se e ao sair da sala secreta das confissões científicas do doutor Olavus, Pedro caiu nos braços da amada Yara, que o esperava com largo sorriso sensual de morena tropical e ele já se sentia melhor, parecia estar em leve êxtase, e ao mesmo tempo a sua antiga ansiedade máxima, de sentir-se cada vez mais imobilizado, era substituída por uma sensação de uma nova ansiedade máxima, de mais que depressa comprar o tal remédio do Pinochet na farmácia ou drogaria mais próxima e ingeri-la tomando água mineral sem gás (pois detestava qualquer bebida artificial ou gaseificada) no boteco ao lado.

Foi exatamente o que fez, comprou assinando com a mão trêmula seu nome no papel de permissão especial requerida para a compra de tal substância legal e poderosa e no botequim ao lado abrindo nervosamente quase estraçalhando o invólucro do estimulante das elites, engoliu a sua primeira pílula do novo produto tarja preta sob venda de fiscalização severa e com tanta sofreguidão que, além de derramar muitas gotas de água do seu copo de água mineral sem gás em sua camisa, quase engasgou de maneira fatal. Mas tudo correu bem, e naquela noite coisas surpreendentes aconteceram.

Apesar de Pedro ter ingerido às pressas e sofregamente a cápsula do estimulante de última geração tarja preta criada para aliviar as tormentas do general Pinochet, foi apenas e tão-somente no decurso do quarto para o sexto dia, tomando aquele poderoso produto da magia concreta da ciência e tecnologias atuais, que os efeitos e sintomas da droga começaram a agir e a manifestar-se de forma muito evidente — não só para Pedro como para Yara também, pois ela era sua companheira total e tudo que a ele sucedesse nela ecoava de maneira impactante.

Foi realmente impressionante o que aconteceu. A partir do momento em que o estimulante começou a provocar seus efeitos benéficos e desmobilizantes, o nosso amigo Pedro mestre de ioga atingiu o nirvana. Pedro agora sentia-se mergulhado em uma constância de prazer e sensações prazerosas. Parecia levitar em outra dimensão, não apenas quando ficava em posturas sagradas herdadas das técnicas dos xamãs, mas durante o tempo todo e até o seu dormir e sonhar agora eram banhados em perpétua atmosfera de leveza, gostosura, calmaria e o que é mais importante, os próprios mistérios da vida apresentavam-se como soluções, fazendo com que por maior que fosse a escuridão e densidade de algum problema ou situação desta existência, dominada pela natureza hostil das coisas, se transformasse além de algo suportável, despertando em Pedro a sensação de prazer por ter o problema e ainda mais por resolvê-lo no exato instante de sua aparição. E tudo isso sem exaltações nem alegrias desmesuradas, ou de euforia histérica, ao contrário, a sensação era a de um caminhar resoluto e confiante pelo caminho do meio, como nos ensina o Tao com seu yang e yin, como nos ensina também o venerável Buda, e assim como nos ensina o padre Antônio Vieira, quando diz: "Nem tanto ao mar, nem tanto à terra".

Mas seja como seja, por causa deste medicamento recomendado pelo fantástico doutor Olavus Alternatus, os dois foram muito felizes. Soube ainda ontem que no mês passado Yara deu à luz um par de gêmeos lindíssimos, frutos deste amor com Pedro, o mestre iogue, amor este agora tão bem calibrado e revigorado pela constância do uso do fabuloso estimulante e do hábito tão necessário de freqüentar todos os meses, em consultas mesmo que alternadas e com datas móveis, o doutor Olavus Alternatus, em seu consultório de confissões científicas da alma.

Acontece que no mesmo edifício em que habitavam Pedro, Yara e agora os dois lindos recém-nascidos gêmeos moravam muitas outras pessoas. Sim, tratava-se de um daqueles prédios enormes e divididos em muitas alas, um edifício popular com pretensão a não sê-lo. Digo isto porque nesse prédio em que moravam houve um monumental assalto a quatro apartamentos de um mesmo andar, o andar 14, e o que é mais chocante é que de acordo com a polícia tratava-se de um assalto praticado por bandidos que eram moradores do prédio que assaltavam. Não preciso explicar o pavor pós-moderno que se apoderou de todos os moradores. A angústia coletiva pairava por cima e por dentro de todos os habitantes daquele complexo de moradias. Não só havia a rotineira periculosidade de outros assaltos, como havia a terrível agravante da constatação oficial de que os criminosos moravam ali. Em qualquer um ou mais de um dos apartamentos vizinhos. Ficavam todos com os nervos abalados e à flor da pele esperando a qualquer instante, como uma chuva de tempestade súbita, a realização de um novo assalto, praticado por moradores daquele lugar, naquele lugar.

Os bandidos assaltantes eram três e moravam no último andar, o 24º. Um deles chamava-se Tutonho e tinha 18 anos, mulato troncudo e forte. O outro era seu irmão mais velho, de 25 anos, apelidado de Esqueleto Humano pela sua magreza de cheirador de cocaína doente; e o terceiro era um loiro surfista de 19 anos que havia recém-chegado de Santa Catarina e dividia o aluguel com os dois irmãos, que havia conhecido em Copacabana, e com os quais fez amizade depois que fizeram profunda farra, os três, em um prostíbulo modernoso com luz violeta e som de Rave, atos sexuais intercalados com muita bebida alcoólica e periódicas cheiradas de cocaína, aliás de muito boa qualidade e por isto mesmo muito mais mortal que as outras tão malhadas e falsificadas. Como eram jovens, a saúde e capacidade de recuperação do corpo os defendeu até então de qualquer malefício advindo desse cafungar cocaína quase pura, naquela noite em que travaram o seu primeiro encontro e amizade.

Passado algum tempo com tantas farras e emprego inexistente, o dinheiro adquirido em pequenos serviços, bicos ou até mesmo mandado pelos pais do surfista de Santa Catarina, chamado de Rudolfo, acabou-se e foi aí que tiveram a idéia de assaltar os moradores do próprio prédio em que moravam.

É bom recordar que, a pretexto de festejar os futuros assaltos e seus lucros, o Esqueleto Humano decidiu festejar, com o irmão Tutonho e com o amigo Rudolfo, esta empreitada tão promissora organizando uma farra com três garotas de programa, uma delas menor de idade, regada a muito uísque, viagra, ecstasy e cocaína normalmente malhada, ao contrário daquela que servira para celebrar o primeiro encontro entre eles, que era, como já disse, quase pura.

Foi uma noite de prazer esplêndida dentro da imaginação mecânica e perversa de seus cérebros tão distorcidos quanto atormentados, dilacerados por antiqüíssimas feridas não cicatrizadas e fragmentadas dolorosamente em constante convulsão e atrito entre as camadas tectônicas de seus tecidos cerebrais, que boiavam como continentes perdidos no oceano de linfa azul de seu líquido cerebral percorrendo todos os nervos do corpo e tendo o seu rio principal, o seu amazonas, na espinha dorsal.

Na madrugada da noite do dia seguinte foram para o 14º andar e assaltaram quatro apartamentos.

Foram muito bem-sucedidos no intento, na medida em que nos apartamentos havia pertences valiosos e a quantia de dinheiro em reais e em alguns dólares roubados era lucro total, além de não terem sido surpreendidos nestes atos tão deploráveis quanto criminosos. Não houve nenhum incidente, nem acontecimentos de morte ou ferimentos fatais entre assaltantes e assaltados. Na verdade, os assaltados comportaram-se como cordeirinhos obedientes que se rendem perante o inevitável e muitas vítimas chegaram a chorar ajoelhando-se aos pés dos criminosos, implorando aos criminosos para que poupassem as suas vidas pedindo para que não os matassem. Os três, que usavam máscaras cobrindo as faces, sorriam de prazer sádico. Sendo assim e antes que a polícia descobrisse que os assaltantes eram habitantes do prédio dos apartamentos assaltados, os três conseguiram, na continuação da madrugada em que efetuaram o bem-sucedido assalto quádruplo, já com o sol fabricando a manhã daquele novo dia, vender todos os itens roubados.

Seja como for, lá no fim daquela tarde e um pouquinho antes do início da hora do crepúsculo pintar de vermelho-violeta os céus e as nuvens esgazeadas anunciando a apavorante noite, Tutonho, Esqueleto Humano e Rudolfo preparavam-se para celebrar a vitória conquistada e a pilhagem realizada a contento, em uma segunda e nova festa, agora uma festa de comemoração e consagração!

Foi quase no mesmo horário do desabar da noite, em que os três organizavam as compras e os preparativos para a comemoração dos crimes bem-sucedidos, que a polícia descobria e se certificava do fato, que na realidade os assaltantes e assaltados eram moradores do mesmo prédio.

Felizes, os criminosos mal agüentavam esperar aqueles poucos minutos de espera que antecediam a chegada das três novas garotas, as mais enxutas, as mais novas e as mais caras, para a grande noitada triunfal!

As garotas chegaram, e a farra começou com o volume de som bem alto e a televisão desligada, naquele estranho e sinistro apartamento, enquanto na maioria dos outros apartamentos daquele imenso prédio, e nas outras milhões de moradias daquela gigantesca cidade e pelo país-continente afora, pela televisão e pelas rádios, irradiava-se a notícia da morte do papa João Paulo II, e a notícia de uma terrível chacina na Baixada Fluminense, na qual o esquadrão da morte infiltrado na Polícia Militar do Rio de Janeiro era acusado do crime hediondo. Parecia tudo ter algo a ver com uma espécie de resistência e demonstração de força demoníaca, por parte de uma facção minoritária da polícia, temerosa de que as ações da Corregedoria a enquadrassem em ocultos e apavorantes crimes encobertos pelos uniformes da lei e da ordem.

Seja como for, a farra começou logo bem barulhenta e orgiástica. Os assaltos praticados por nossos três anti-heróis eram café pequeno perante a magnitude da chacina ocorrida na cidade. Mas, apesar disso, as rádios e televisões os noticiaram, mas omitindo o fato de que os criminosos moravam no mesmo prédio, isto a pedido da polícia, para que esta pudesse descobrir quem eram e pudesse pegá-los de surpresa.

Acontece que, entre as coisas roubadas nos assaltos da madrugada anterior, e justamente as únicas que os criminosos não venderam, estavam vários pacotes de produtos tarja preta, que os três e suas garotas contratadas no meio da loucura da noite abriram para ver do que se tratava e começaram a tomar drágea após drágea intercalados por goles de champagne, uísque, ecstasy, viagra e enormes fileiras de cocaína malhada.

Aliás, foi memorável a frase que Esqueleto Humano pronunciou ao propor um brinde erguendo sua taça de champagne borbulhante, depois de ingerir quatro drágeas de Prozac, duas de viagra, duas de ecstasy, e após cheirar com estilo majestoso e heróico quatro enormes fileiras de cocaína malhada:

— Senhoras e senhores, saibam que vocês podem cheirar à vontade porque temos muito de tudo e mucha, pero mucha cocaína mesmo, e como ela não é pura e é malhada, nisto consiste a nossa salvação, não é pura, podemos cheirar à vontade, porque quem nos salva é o malho! Ah! Ah! Ah! Ah!!

E todos brindaram gritando quase cantando:

— O que nos salva é o malho, o que nos salva é o malho!

Depois de exaltarem o malho da cocaína, que paradoxalmente os salvava, pois os possibilitava de exagerar quase infinitamente ao usar o veneno disfarçado de euforia ilimitada, aconteceu o medonho fato tão previsível neste tipo de situação de trevas intensificadas, a morte súbita de uma das garotas de programa que participavam da farra demoníaca. Tratava-se justamente da menor de idade, a linda e exuberante Tânia. Ela começou a passar mal, muito mal, e antes de cair fulminada no chão estremeceu em horrendos e espantosos estertores como se estivesse a dançar uma dança macabra em estilo de break sinistro. A amiga dela, também garota de programa chamada Wilma, deu um grito de dor e desespero ao ver Tânia tombar.

Seguiu-se nervosa discussão entre os três amigos enquanto a Wilma chorava e se contorcia ajoelhada ao lado do corpo sem vida de sua companheira recém-falecida por auto-envenenamento.

A nervosa e quase histérica discussão entre os três responsáveis por tudo tratava de vários assuntos ao mesmo tempo, falavam sobre o acontecido, se autoconsolavam dizendo que não era culpa de ninguém, que ela deveria já estar doente com um coração fraco, o que fazer agora com o cadáver, muito medo da polícia, idéias de levar o corpo escondido e despejá-lo em algum ermo lugar fora da cidade, em alguma de suas labirínticas periferias, enfim, como sair desta situação em termos gerais. Mas o que mais os preocupava era apenas uma só coisa: como continuar consumindo aquele veneno eufórico. E como este era o fundo total e absoluto do interesse não apenas dos três rapazes, mas também o de Wilma, que não parava de chorar, e ainda assim discutindo os três rapazes e a amiga da falecida, ainda chorando muito, continuaram a fazer o que estavam fazendo antes de a Tânia falecer poucos momentos atrás. A terceira garota, chamada Zuleika, parecia não ligar para nada, pois enquanto todos se espantavam e discutiam nervosamente a morte de Tânia e o que fazer com o cadáver, Zuleika ficava se maquiando em frente de um espelho. Ela só parou de se maquiar para de súbito começar a cheirar cocaína furiosamente.

Eis então que os cinco continuaram a cheirar o pó malhado sem cerimônia, e dali a pouco começaram a gargalhar ao lado do cadáver de Tânia esticada ali no chão em cima daquele tapete persa de imitação. O mais impressionante foi a argumentação do motivo de continuarem a cheirar até que a cocaína acabasse:

— É preciso detonar tudo, e só depois poderemos pensar o que fazer com o corpo de nossa infeliz amiga, porque se não consumirmos toda a cocaína que aí está, e que não é pouca quantidade, valha-me o capeta, a polícia poderia nos causar algum problema.

O que era confirmado por apoios exaltados e entusiasmados:

— É isso aí!

— É claro, é lógico, é preciso fazer a cocaína desaparecer.

— Claro, claro, se não vai sujar!

E começaram também a consumir muito Prozac e outras drogas da farmacêutica do novo milênio que vinham em embalagens muito bem-feitas e instigantes, enquanto ao mesmo tempo consumiam a substância proibida e enlouquecedora. É quase inacreditável, mas ficaram assim durante três dias e quatro noites fazendo o que está descrito acima apenas intercalado com idas e voltas rápidas ao banheiro.

Ficaram este tempo todo ao lado do cadáver, ao qual, pelo menos diga-se de passagem, prestaram alguma consideração ao cobri-lo dos pés à cabeça com um lençol.

Na madrugada da quarta noite de orgia doentia a polícia já havia descoberto onde moravam os assaltantes dos quatro apartamentos do 14º andar daquele prédio atormentado. Embora não soubessem ainda da morte de Tânia nem do que estavam fazendo os assaltantes moradores do 24º andar.

Quando irromperam porta adentro e depararam com a cena infernal, três jovens homens e duas jovens mulheres totalmente enlouquecidos e babando na gravata, quase sem conseguir falar, apenas grunhindo, bufando, arfando, babando, com restos de muita cocaína malhada num saco em cima da mesa de plástico ao lado de uma estatueta de São Jorge espetando o dragão da maldade, e um cadáver de uma jovem mulher coberta por um lençol em cima de um tapete persa de imitação, os policiais não puderam conter uma grande indignação dentro da alma e uma dor misturada com espanto por causa da loucura de tudo aquilo e dos emaranhados de coincidência e também da mistura de certa inocência infantil com o crime.

É escusado dizer que a polícia prendeu os três rapazes e as duas garotas de programa, Wilma e Zukeika, e os enfiou num camburão que partiu célere levando aquele grupo de jovens ensandecidos e fora de si para a prisão, de onde só sairiam para ir ao tribunal. O rabecão chegou muito mais tarde para recolher o cadáver, que foi para o Instituto Médico-Legal, onde passaria por ligeira autópsia pois os motivos daquela morte eram evidentes.

Durante alguns instantes, enquanto ainda estavam na farra química mortal em ritmo acelerado no auge do segundo dia, Esqueleto Humano, ao debruçar-se na janela do seu apartamento e enquanto examinava do 24º andar a paisagem ao redor, distraiu-se e deixou cair na calçada lá embaixo uma das embalagens exuberantes de um poderoso eufórico farmacêutico de última geração. Essa embalagem foi momentos após sua queda recolhida pelas ávidas mãos de um trêmulo mendigo semi-embriagado, que por ali passava e não iria dispensar de maneira alguma aquele misterioso e fascinante presente caído do céu.

O mendigo chamava-se Abraão e tinha já seus 62 anos e barba muito por fazer. Além disso, exalava constantemente forte bafo de cachaça de sua boca distorcida e quase sem dentes, e era o bafo indefectível da cachaça a mais barata e a mais estraçalhante... Movimentava-se porém com graça, apesar de seus movimentos e gestos tão grotescos ou, talvez por isto mesmo, por serem tão grotescos é que tinham graça.

Abraão logo abriu a embalagem do produto caído lá do alto como presente e com suas mãos nervosas e sujas catou logo uma das drágeas mágicas da nova ciência e a engoliu sem água nem nada, apenas com o acúmulo de saliva de sua boca quase desdentada. Depois de ter ingerido aquela pílula, Abraão sentiu um forte impacto em seu peito, parecia que o seu coração iria explodir, e então Abraão morreu ali mesmo em frente a um shopping center, com forte dor e síncope cardíaca de súbito mortal, em decúbito dorsal.

Enquanto isto, na prisão da delegacia onde estavam trancafiados o Esqueleto Humano, Tutonho, Rudolfo, Wilma e Zuleika, acabava de chegar, com seu sorriso de simpatia, para atender como médico-psiquiatra os quatro presos intoxicados, a pedido expresso do delegado, o doutor Olavus Alternatus, que seguindo os ditames de sua índole generosa e dadivosa empregava a maior parte do seu tempo de profissional para atender casos sociais de urgência máxima e de caráter desesperador.

Ao chegar na delegacia o doutor Olavus cumprimentou todos os funcionários e deu um longo abraço no delegado, que também era seu amigo pessoal, com toda a força de sua simpatia pessoal tão irradiante e magnética. Logo foi informado que deveria examinar a condição mental e o nível de gravidade de intoxicação dos três rapazes assaltantes e das lindas e esbeltas garotas de programa.

Ao entrar na cela, qual não foi a imensa surpresa do doutor Olavus e do delegado e dos outros dois policiais que os acompanhavam ao constatarem que os três rapazes estavam mortos, estrebuchados e estirados no chão, em posturas grotescas de quem faleceu repentinamente com fortes estertores e esgares. Na outra cela, em que estavam Wilma e Zuleika, as gostosas, a mesma cena deplorável se apresentou: Wilma estava também morta com um estranho sorriso nos lábios e com a mão direita apertando o pescoço como em um auto-estrangulamento e Zuleika estava morta com um batom em sua mão direita crispada ostentando um enorme sorriso de felicidade paradoxal. Imediatamente o doutor Olavus pediu que se fizesse logo a mais detalhada e minuciosa das autópsias não só nessas cinco vítimas do destino cruel e das opções erradas, mas também no corpo de Tânia, que tendo sido parte do grupo fora a primeira a falecer e cujo corpo já estava no necrotério.

O resultado das autópsias minuciosas que foram executadas sob supervisão pessoal do doutor Olavus, para esclarecer o mistério daquelas mortes súbitas ocorridas em corpos tão jovens e ainda saudáveis, foi algo de muito estarrecedor. Um resultado espantoso e inusitado. Chegaram os profissionais do IML à conclusão de que a culpa das mortes recaía sobre o fato de terem os falecidos ingerido aquelas pílulas ou drágeas de um antidepressivo, que além de estar com seus efeitos alterados por vencimento de data, ainda por cima traziam a pesada agravante de terem, não se sabe por quem, sua fórmula química original alterada por outro ou outros ingredientes químicos, de potência venenosa mortal, amalgamada e introduzida nas drágeas do remédio original.

Muitas teorias e hipóteses a respeito foram elaboradas, e os peritos finalmente chegaram a certas conclusões que tentavam explicar o mistério. A teoria mais aceita foi a de que um dos apartamentos assaltados pelos três rapazes agora falecidos não passava de um depósito e provável moradia de criminosos e terroristas, trabalhando em parceria como sucede na prática atual. Além de terem muitos antidepressivos roubados e/ou desviados para serem pirateados, e por isto o prazo de vencimento não importava, ainda por cima envenenaram com evidentes conhecimentos químicos quase todas as drágeas desses antidepressivos com a provável possibilidade de serem utilizados para assassinar pessoas, talvez conhecidas e amigas, dando-lhes de presente a droga envenenada. Uma espécie de Cavalo de Tróia em forma de pílulas.

Houve quem dissesse que foi alterada assim a química desses antidepressivos de data vencida por grupos terroristas e criminosos, lá na zona da tríplice fronteira do Brasil, perto das cataratas, ao lado da magnífica selva verde-esmeralda, com intenções de envenenar astuciosamente rivais e inimigos internos e quiçá autoridades da lei — usando e manipulando o desejo e até a necessidade vital de tantos seres humanos por pílulas para acabar com a medonha e horrenda situação da depressão e da autodepressão.

Mas, afinal, logo foi esquecido o episódio, e as investigações foram encerradas pela necessidade de atender às novas investigações de novos crimes e crueldades que cresciam dia a dia, noite a noite, em progressão geométrica não só no país-continente, mas também em todo o planeta.

Ao ler as notícias sobre esses mistérios criminosos, o professor Ludwig Pilikis, homem de seus 33 anos de idade, corpo bem talhado por exercícios e natação, cientista brasileiro filho de pais estrangeiros, suspirou quatro vezes profundamente para manter sua calma perante as convulsões de espanto que a leitura dessas notícias pelas linhas de um jornal lhe causavam.

Mal acabou de ler as chocantes notícias, telefonou para o seu amigo, o doutor Olavus Alternatus, marcando um encontro com ele naquela mesma noite num restaurante-bar muito requintado e do qual ambos eram fregueses e freqüentadores antigos. O professor Ludwig foi o primeiro a chegar, e ao sentar-se à mesa daquele elegante lugar logo pediu ao solícito e sofisticado garçom um copo de uísque e água mineral sem gás e sem gelo. Enquanto saboreava a bebida alcoólica olhava pensativo e maravilhado para a decoração tão bela e de bom gosto do ambiente. Eram castiçais de cristal dependurados no teto, nas paredes reproduções de pinturas famosas, e fabulosas luzes indiretas que criavam em torno disso tudo um certo mistério de beleza cinematográfica de um clipe musical de televisão.

Quando o doutor Alternatus chegou o professor Ludwig estava ainda totalmente mergulhado como se hipnotizado estivesse na observação cheia de deleite do ambiente ao seu redor.

— Olá, vai tudo bem, além dos problemas inevitáveis de qualquer existência? — disse sempre com aquela irradiante simpatia, certamente um dom, o doutor Alternatus batendo e tocando nos ombros do seu amigo professor Ludwig que, com um pequeno sobressalto, saiu de suas meditações sobre a beleza misteriosa do lugar e voltou para a realidade, sempre mais perigosa e fascinante do que qualquer meditação, e respondeu sorrindo a saudação do amigo, dizendo:

— Que bom ver você sempre tão bem disposto, mas é que eu tinha muita urgência de lhe encontrar pois tenho novidades incríveis sobre as minhas mais recentes especulações, estudos, experiências, e... resultados!! É isso aí, resultados comprovados atestando com 100% de certeza a funcionalidade espetacular e quase milagrosa daquela nova droga, tantas vezes sonhada por nós e que será a droga que possibilitará a solução da agonia humana em direção à plenitude da felicidade!

Neste momento chegou o garçom e o doutor Olavus sentou-se e disse:

— Por favor, traga-me o mesmo que meu amigo está bebendo.

E depois, voltando-se para o seu amigo Ludwig, falou:

— Deus meu! Então você conseguiu através de experiências e informações adquiridas pelo mapeamento do genoma e antecedendo a manipulação das moléculas pela nanotecnologia fabricar a pílula da felicidade real e saudável, sonho milenar dos alquimistas taoístas e de toda a Humanidade?

E o professor Ludwig Pilikis, com imenso sorriso nos lábios, respondeu com um estrondoso:

—Sim! Consegui, conseguimos. E você sabe que a patente é nossa, é do Brasil, tenho que me preparar para enfrentar a cobiça das multinacionais. Embora esteja até disposto a efetuar uma parceria com uma delas, faço questão absoluta que a maior parte do lucro seja minha, nossa, e a glória da patente da descoberta pertencer ao Brasil! Já inventamos o avião e o relógio de pulso com Santos Dumont, e antes disso o balão dirigível com o frade Bartolomeu de Gusmão, mas jamais tiramos proveito disso nem sequer tiraram proveito os seus inventores. Mas essa era de descaso luxuoso acabou! Agora vamos reivindicar nossos interesses de inventores e de homens de negócio vencedores!

E ficaram os dois rindo e falando, regozijando-se pela notícia da realização concreta da fabricação da pílula do mais novo e poderoso antidepressivo já inventado. Pois o que acontecera fora fruto de um extenso trabalho e aprofundamento utilizando as mais recentes descobertas do mapeamento do genoma aliado à nanotecnologia, e o que é mais importante, este novo produto vinha amalgamado a duas descobertas que de início eram apenas idéias e sonhos na cabeça daqueles dois amigos e sábios cientistas, o professor Ludwig e seu compadre, o doutor Olavus Alternatus.

Depois de rirem e brindarem saudando aquele momento tão grave e importante, o doutor Olavus disse como quem profere um discurso de vitória no antigo senado de Roma:

— Meu querido professor Ludwig, quem diria que através dos contatos com aquele laboratório de ponta interconectado globalmente com outros laboratórios em contato simultâneo através da cibernética da Internet e principalmente de nossas idéias pudéssemos festejar algo que vai revolucionar o mundo e que é justamente a chegada do antidepressivo que tem em si, amalgamadas, as emoções quimicamente transfiguradas das emoções profundas da reconciliação e da piedade!

Ao que, quase falando em cima, o professor Ludwig respondeu:

— Sim, sim, sim, sim! Seguindo as recomendações do grande papa João Paulo II, que para mim é um santo, as chaves para enfrentar os problemas e as armações do demônio durante o século XXI são exatamente a reconciliação e a piedade. Foi um milagre da tecnologia e de Deus termos podido fabricar um produto que sintetize sinteticamente em sua fórmula a essência química da quintessência dessas duas emoções que são o espírito da reconciliação e o dom da piedade!

E o doutor Olavus acrescentou:

— Ajoelho-me com profunda emoção em celebração a este momento eterno, esse antidepressivo pertence também a Deus! Pertence a toda a Humanidade por todos os séculos! Mesmo depois de atingirmos através da ciência a longevidade da vida eterna esse antidepressivo será necessário!

Ainda ajoelhado e com a voz cada vez mais rouca por causa da emoção desencadeada, o doutor Olavus continuou:

— Penso também na gravidade do segredo industrial nanotecnológico, que conseguimos desvendar e utilizar na prática, através dos auto-replicantes condicionados, e que nos possibilitaram através da nova química quântica transferir sensações de alma e disposições afetivas tão complexas que constituem a substância do desejo da reconciliação e o da piedade transformando-as em sensações químicas de imenso e poderoso efeito para o ser humano e para toda a Humanidade! Chego a sentir estremecimentos dentro da minha alma por esta conquista, uma das maiores, senão a maior da ciência humana!

E levantando-se lentamente e cada vez mais emocionado, e com voz cada vez mais rouca de emoção, o doutor Olavus continuou, trêmulo da cabeça aos pés:

— Neste instante supremo de nossa vitória fico pensando se não seria melhor, antes de experimentarmos nosso novo produto em alguém, pedirmos que o nosso amigo o padre Anselmo abençoasse este sublime e novo antidepressivo!

E o professor Ludwig respondeu com um entusiasmado:

— Sim, é exatamente o que devemos fazer! Antes mesmo de escolhermos a cobaia humana que será beneficiária de todo o bem eivado de graça divina que nosso antidepressivo contém, vamos pedir ao nosso amigo padre Anselmo que abençoe este verdadeiro milagre da ciência e da tecnologia do século XXI! E lembremo-nos que ainda por cima é um feito da ciência brasileira e a patente será nossa!

E se abraçaram mais uma vez antes de saírem, para passarem no laboratório onde estava o milagroso produto recém-fabricado, para logo em seguida levarem-no para o lugar onde morava o padre Anselmo, logo atrás de sua igreja.

Foi o que fizeram. Passaram pelo laboratório de técnicas avançadas e secreto, ficaram lá apenas o tempo suficiente para recolher a amostra experimental do incrível produto da nova geração de antidepressivos tarja preta e, sem perder mais nenhum tempo, foram zunindo em alta velocidade no automóvel importado do professor Ludwig em direção à moradia do padre Anselmo para que ele benzesse aquele novo milagre concretizado.

Em lá chegando, contaram rapidamente ao amigo padre Anselmo, que aliás estava se preparando para dormir, do que se tratava. E o padre Anselmo, com a calma e a absoluta falta de hábito de espantar-se por qualquer coisa que fosse, esboçou um leve sorriso de aprovação e em gestos quase automáticos foi pegar a água sagrada e sem demonstrar maiores emoções abençoou o novo produto de tarja preta quase que de maneira totalmente mecânica. Em seguida abraçou os dois amigos e lhes disse:

— Bem, agora vocês vão me desculpar mas vou ter que dormir pois amanhã estou atulhado de tarefas sacras e mundanas também, mais uma vez parabéns, tomem muito cuidado, e que Deus vos acompanhe!

O doutor Olavus e o professor Ludwig despediram-se do padre Anselmo muito contentes com a felicidade a espocar em seus corações, entraram no negro automóvel importado e seguiram rodando à toa pelas ruas da cidade em velocidade lenta de quem é tão feliz que não precisa nem ter pressa alguma nem direção determinada. Conversaram e riram muito, derramaram também lágrimas de comovida autocongratulação, e chegaram a cantarolar um samba de pagode de Zeca Pagodinho que diz: "Deixa a vida me levar..."

No meio de todas essas risadas, lágrimas, cantoria de samba e conversas à vontade foi que ocorreu na mente do doutor Olavus o seu último e brilhante pensamento, e foi o último dos seus pensamentos sublimes porque infelizmente, como vereis em breve, tanto o doutor Olavus quanto o seu amigo, o professor Ludwig, iriam morrer de súbito e partir para a paisagem dos espaços de outras dimensões, mas não quero me anteceder aos fatos e eis o último pensamento brilhante do doutor Olavus:

— Fico pensando que poderemos adicionar algo de essência mais complexa nesse nosso antidepressivo e transformá-lo em substância concreta ativa, como por exemplo a recomendação que Karl Jaspers faz sobre a importância das três meditações fundamentais — a meditação sobre Nietzsche, a meditação sobre a bomba atômica e, finalmente, a meditação sobre Jesus de Nazaré. Acho que tais complexidades serão muito fáceis de se realizar graças ao avanço infinito da tecnologia, do mapeamento do genoma, da nanotecnologia, dos auto-replicantes e das conclusões que tiraremos quando decifrarmos e descobrirmos como e por onde foge toda luz sugada pelo buraco negro! Coisas da mais aguda atualidade e de descobertas fulgurantes!

Foi neste instante, neste momento de pensamento devaneante porém jamais despido de realidade científica que ocorreu o fúnebre atentado. Ao dobrarem a esquina seguinte, que cortava em linha reta aquela linda avenida arborizada, com árvores de folhas farfalhantes ao vento, numa atmosfera de paisagem quase bucólica, por onde de automóvel passeavam em celebração de autojubilamento, os nossos amigos foram metralhados de forma impiedosa durante vários minutos, por balas de vários calibres, rajadas de metralhadora e, no final desta sinfonia de tiroteios, quatro enormes explosões causadas por poderosas granadas de última geração da indústria da destruição. O tiroteio desse massacre partiu de quatro automóveis que, surgidos do nada, os cercaram e em segundos executaram sua hedionda tarefa da barbárie. Assim como surgiram, foram-se embora, com a rapidez do relâmpago de Satã.

Os assassinos, muito bem treinados e organizados com disciplina militar, eram terroristas associados a criminosos de colarinho-branco, proprietários e altos diretores de indústrias farmacêuticas concorrentes entre si. Eles foram informados através de espionagem eletrônica, via satélite e via Internet e via celular, além dos segredos arrancados de um técnico de laboratório — na cama, durante ato sexual — por uma espiã industrial, sobre o fato inédito e espetacular de um pequeno laboratório regional sob idéia e iniciativa de dois idealistas, como o doutor Olavus e o professor Ludwig, ter conseguido fabricar o antidepressivo dos antidepressivos, que continha em si, pela primeira vez na História, a essência química consubstanciada da vontade e do desejo da reconciliação e da piedade!

Encerrado o massacre, o chefe dos terroristas mercenários contratados pelas companhias farmacêuticas competidoras telefonou para o homem que os contratou para esse serviço macabro e disse:

— Pronto, doutor Khilenius, o doutor Olavus e o professor Ludwig estão mortos e seus corpos em pedacinhos. O que devemos fazer agora?

E do outro lado da linha a voz satisfeita do grande e poderoso chefe, membro diretor de um grande conglomerado, respondeu:

— Parabéns, muitos parabéns, aliás não esperava outra coisa de vocês a não ser o sucesso instantâneo. Agora é só vocês passarem por aquele pequeno laboratório, propriedade dos dois falecidos, e pegarem tudo que estiver lá, façam uma verdadeira pilhagem do lugar, se houver qualquer resistência façam o que se costuma fazer, isto é, matem, matem, matem, matem, mas não se esqueçam pelo amor de Deus de me trazerem o motivo do crime, a razão de tudo isto e que é justamente este novo antidepressivo que provoca também a vontade de reconciliação e de piedade, produto máximo da ciência atual e que de agora em diante passa a ser meu, meu é modo de dizer, nosso, do nosso superconglomerado farmacêutico dirigido por mim! Tragam tudo que encontrarem e principalmente o novo antidepressivo a que daremos talvez o nome de Supremus-Santificatus, ou qualquer outro nome melhor que a nossa agência de publicidade recomendar após exaustivas pesquisas de mercado. Venham sem demora, ó terroristas do meu coração!

Quando ficava muito emocionado, como era o caso deste momento, o severo e rígido doutor Khilenius chegava a ficar histérico, patético, e até poético, bem à maneira desengonçada dele.

E assim aconteceu. Os terroristas recolheram o novo antidepressivo e levaram as primeiras amostras do produto para o doutor Khilenius, que imediatamente as patenteou como sendo de sua inventividade e propriedade. Em poucos dias, precedido por imensa propaganda em todas as mídias e distribuído em todos os lugares, o novo antidepressivo fazia o maior sucesso. As pessoas que o adquiriam, após obterem a necessária receita médica, pois por mais santo que fosse, o remédio era tarja preta e portanto de venda controlada, tornavam-se dadivosas, compreensivas, imbuídas de verdadeiro espírito de reconciliação e eivadas de sincera e atuante piedade. Grupos e mais grupos de pessoas se reuniam para celebrar a paz, e a concórdia e a reconciliação, todas movidas por intenso e fervoroso sentimento de piedade atuante e engajada em benfeitorias sociais de toda ordem e espécie. Era de fato uma revolução espiritual surpreendente.

Ao mesmo tempo em que essas coisas quase que miraculosas do Bem ocorriam por causa da existência e do consumo desse novo antidepressivo, o Brasil e outros países foram obrigados a decretar estado de emergência por tempo indeterminado até o restabelecimento total da lei e da ordem, interrompendo as leis ordinárias da democracia, para impedir que o crime sempre em escala crescente dominasse a sociedade. Sempre as duas coisas amalgamadas: a esperança e o pânico, a tirania e a liberdade, o yin e o yang, o Bem e o Mal, a vida real e a vida virtual, o antidepressivo sagrado tarja preta e as drogas do demônio, o determinismo fatalista e a livre escolha da opção a cada segundo ensinada por Jesus de Nazaré, o caos com c e o kaos com k.

É interessante notar que apesar de criminosa a empresa do doutor Khilenius acabou fazendo o bem ao distribuir e vender o incrível antidepressivo tarja preta surrupiado após os assassinatos de seus inventores e criadores. Tudo isso comprova o ditado que diz que "Deus escreve certo por linhas tortas!".

Enquanto tudo isso acontecia, Pedro, o iogue, e a sua esposa querida Yara gozavam a plenitude de todos os prazeres positivos da vida. A felicidade deles não tinha fim. Além das aulas de ioga que Pedro ministrava a seletos alunos e alunas, aulas que eram tão procuradas que faziam com que Pedro pudesse selecionar seus discípulos e ainda manter uma multidão na fila de espera por tempo indeterminado, este nosso herói de corpo e alma ainda investia com muito sucesso na Bolsa de Valores, onde fazia da noite para o dia verdadeiras fortunas que por sua vez eram investidas em ações e em diamantes.

A vida deles transcorria em plenitude de equilíbrio e harmonia quase absolutos. Muitas vezes seguiam o ditado de Nietzsche que dizia que o homem feliz inventava a tragédia para divertir-se. E nessa hora, então, depois que os bebês gêmeos adormeciam, para sentirem um pouco da agonia humana que vicejava fulgurante de sangue lá fora, começavam a ler os jornais do dia e ligavam a televisão para ver os noticiários, ouviam muito o GNT, a cidade alerta, a BBC, a CNN, a Fox News, a t.v Câmara e a t.v. Senado. Claro que normalmente só assistiam por alguns momentos a esses noticiários, mas em certos dias a felicidade era tamanha que tinham que compensar assistindo durante longo tempo a esses noticiários sanguinolentos e tão reais quanto brutais, tão naturais quanto artificiais. Foi com muita emoção e sentimento de piedade que assistiram e leram sobre as estranhas mortes por envenenamento causadas por drágeas de antidepressivos pirateados e alterados, das três garotas de programa e dos três marginais assaltantes: o Tutonho, o Rudolfo e o Esqueleto Humano. E dias depois acompanharam estarrecidos e estremecidos as notícias dos misteriosos assassinatos do professor Ludwig e de seu amigo o psiquiatra forense doutor Olavus Alternatus Junqueira. Pedro e Yara chegaram a conversar muito sobre as duas matanças, sobre a primeira, que fora a morte por envenenamento de três garotas de programa e de três assaltantes marginais que ingeriram cápsulas de antidepressivos alterados e sobre a morte misteriosa de dois doutores e cientistas, o professor Ludwig e seu amigo o doutor Olavus. Em um dos comentários sobre as notícias, Pedro disse para Yara, enlaçando-a pela cintura:

— Penso que não há ligação alguma entre essas duas matanças, apesar de o doutor Olavus ser psiquiatra forense e ter chegado a examinar os corpos da primeira matança por envenenamento, acho que não há ligação alguma, a não ser a alma nefasta e diabólica do crime e sua pulsação infernal, a ligar ou conectar um crime com o outro, isto é, a morte dos seis por envenenamento e o assassinato sob metralha do doutor Olavus e do professor Ludwig à queima-roupa!

E Yara sorrindo mudou o rumo da conversa, dizendo:

— Ora, não vamos mais falar disso, vamos voltar para o nosso mundo da felicidade eterna, e lembre-se que certas coisas não podemos mudar, e o que Einstein falou, que se você tiver um problema insolúvel pela frente, olhe para o outro lado!

E foi o que fizeram, entrando pelo portal do universo da felicidade com um longo beijo de línguas trêmulas.

E assim, praticando ioga, amando muito, esse casal era o amálgama perfeito dentro da inexorável imperfeição humana, constituíam a meu ver a família mais abençoada pela graça divina que já existiu, claro que se excetuando as famílias sagradas, mas dentro do espaço-tempo profano eram o casal nota dez de todas as Utopias.

Depois de uma intensa noite de amor, e tendo consumido muitos estimulantes legais e respirado muito oxigênio através de exercícios dolorosos no início mas tão prazerosos depois, Pedro disse sussurrando para Yara:

— Meu bem, meu bem maior, amor total de minha existência e de minha antiexistência, vou confessar-te meu maior desejo que de súbitou acabou de brotar no seio de minha felicidade!

E Yara lhe respondeu num ligeiro queixume malicioso:

— Me diga logo qual é o desejo, mas fique sabendo que fiquei muito triste porque você falou que se tratava da sua felicidade, e não da nossa!

Ao que Pedro o iogue respondeu a ela, primeiro cobrindo-a de doces e quentes beijos, e depois dizendo:

— Me perdoe meu amor, mas você sabe que quando digo a minha quero dizer a nossa, mas é que tudo isto, todo este amor me levou a querer o mais depressa possível ir a uma missa e comungar com Jesus.

Yara como resposta cobriu a boca de Pedro com muitos beijos e entre os beijos sussurrava:

— Eu também... eu também.

E na missa sagrada a que compareceram batizaram os seus dois pequenos e lindos frutos. Apesar de o planeta ao redor parecer ou estar realmente estremecendo dos pés à cabeça, à mercê de convulsões de camadas tectônicas de conflitos, terror, luta contra o terrorismo, atos de terrorismo, corrupção, intolerâncias, preconceitos naufragando em cantos de cisne, a vida de Pedro e de Yara e de seus filhos gêmeos eram um cântico de poesia e de amor. Aliás, voltaram da missa e do batizado com os filhos no colo cantarolando com emoção e respeito as palavras de Jesus que dizem: "O amor não tem vaidades, o amor não quer se mostrar, porque o amor é para sempre!"

Dias depois, ou melhor dizendo, na quarta noite do dia em que foram batizados os gêmeos de Pedro e de Yara, que aliás já começara a sentir os sintomas de nova gravidez borbulhando em seu organismo, foi a noite estrelada e de lua cheia faiscante em que a gatinha deles chamada de Diana Xuxuca, curiosa e audaciosa mais do que ninguém, engoliu por curiosidade uma das cápsulas do novo antidepressivo adquirido pelo casal e como conseqüência ficou miando feliz, num miado de extraordinárias melodias sedutoras, que iam do harmônico ao atonal, durante muitas horas, como se saudasse o nascimento do sol e a chegada da aurora, com a alegria e a emoção que só esta raça misteriosa e sublime dos felinos possui.

Editora Objetiva Ltda.
Rua Cosme Velho, 103
22240-090 Rio de Janeiro RJ
Tel.: [21] 2556-7824 fax [21] 2556-3822
www.objetiva.com.br

revisão
Umberto Figueiredo Pinto
Damião Nascimento
Antônio dos Prazeres

capa e projeto gráfico
cl warrak
rl loureiro

colaboração editorial
Antônia Pellegrino

editoração eletrônica
fa Editoração

T186
Tarja preta. / Luiz Ruffato... [et al.] - Rio de Janeiro : Objetiva, 2005
173 p. ISBN 85-7302-718-5
1. Literatura brasileira - Contos - Coletânea. I. Título
CDD B869.8

Este livro foi impresso na
LIS GRÁFICA E EDITORA LTDA.
Rua Felício Antonio Alves, 370 – Bonsucesso
CEP 07175-450 – Guarulhos – SP – Fax.: (11) 6436-1538
Fone. (11) 6436-1000 – e-mail: lisgrafica@lisgrafica.com.br